CB140441

O GRANDE DIA

Uma micro-odisseia carnavalesca

Pierre Cormon

© Pierre Cormon, 2024
© Quixote+Do Editoras Associadas, 2024

Catalogação na Publicação

C811g

Cormon, Pierre

O grande dia: uma micro-odisseia carnavalesca / Pierre Cormon. – Belo Horizonte: Quixote+Do, 2024.

268 p.; 13,5 X 21 cm

ISBN 978-85-66256-91-8

1. Romance. 2. Literatura brasileira. I. Cormon, Pierre. II. Título.

CDD 869.93

Elaborada pela bibliotecária Janaina Ramos – CRB-8/9166

Conselho editorial Alencar Fráguas Perdigão, Cláudia Masini
Editora responsável Luciana Fonseca Tanure de Castro
Editor João Camilo de Oliveira Torres
Editores assistentes Guilherme Coelho, Bruna Fortunata
Revisores Brenda Ferreira Rodrigues, Guilherme Coelho
Capa, projeto gráfico e diagramação Caroline Gischewski
Tecnologia de informação Alessandro Guerra

Rua Alagoas, 1270 – Sala 304 | Savassi
30.130-168 | Belo Horizonte | MG
editoraquixote@gmail.com | (31) 3141.1256

@quixote.do
/quixotedoeditora
/quixotedoeditorasassociadas

Do mesmo autor (em outras línguas):

Le Génie de l'aubergine et autres contes loufoques, ilustrado por Claire Gourdin, t.c.p. Bibidugredin, Atelier du poisson soluble, 1997

Uma empresa decide substituir o espaguete longo por cubos de massa. Um moço quer se casar com uma sopa de peixe. Um burocrata descobre que o Chile não fica na América do Sul, mas nos Alpes suíços. Uma coleção de contos insanos.

Les Mémoires de Satan, nouveaux contes loufoques, ilustrado por Claire Gourdin, t.c.p. Bibidugredin, Atelier du poisson soluble, 2005

Após 5.000 anos de silêncio, Satanás resolve contar o seu lado da história. O mundo não foi criado da maneira que lhe foi ensinado e não vai acabar como deveria. Não, não vai. Outra coleção de contos insanos.

Le Traître (romance), Editions Slatkine, 2010

Um Suíço estudando música no Cairo descobre que o seu amigo e colega de quarto palestino está envolvido em atentados suicidas. Um thriller de tirar o fôlego assim como uma reflexão sobre a amizade, a moralidade e o funcionamento do conflito israelense-palestiniano.

Swiss Politics for Complete Beginners, Editions Slatkine, 2014

Quer entender porque os Suíços parecem gastar o seu tempo votando em todas as questões imagináveis?

Por que, em um país tão rico, a falta de moradia é um problema tão sério?

Por que a Suíça é provavelmente a única democracia que não tem maioria e oposição?

Por que as lojas fecham tão cedo?

E você não quer que isso seja explicado de forma erudita, pois está mais interessado no espírito do que na letra?

Este é o seu livro.

La politique suisse pour les débutants, Editions Slatkine, 2015

Adaptação de *Swiss Politics for Complete Beginners* em francês.

Ouça a música de *O grande dia*!

Visite o site do autor!

www.pierrecormon.com

A minha namorada Cristiane, que teve a paciência de escutar as ideias que se empurravam em minha cabeça e de corrigir os meus inúmeros erros de português;

A Vicente, Jonas, Leon, Leo e Pablo, meus amigos cariocas que me fizeram descobrir os bastidores do Carnaval;

A meus amigos Ivana, Cristiano, Marina, Christian, Claudio, Iraildes, Pedro e Haidée, que me ajudaram a melhorar o texto;

A meu amigo de infância Dinho e a sua esposa Maria, que me receberam tão bem em minha primeira viagem ao Brasil;

A todos os que fazem viver os desfiles das escolas de samba, das figuras mais famosas às mais discretas, como as equipes de apoio, os seguranças, os camelôs, na Sapucaí e na Intendente Magalhães;

Aos cineastas iranianos cujos filmes me ensinaram que as aventuras do cotidiano podem ser mais fascinantes do que os thrillers rodeados com dezenas de milhões de dólares (Jafar Pahani, Asghar Farhadi, Vahid Jalilvand, Ali Asgari, Alireza Khatami...);

... E a todos os sambistas mais novos que não deixam o samba morrer (Marina Iris, Marcele Motta, Inácio Rios, Casuarina, João Martins, Mosquito, Maria Menezes, André da Mata, Nina Rosa...).

Obrigado a todos do fundo do coração!

Índice

Brasil, o teu nome é Dandara

Samba-enredo de 2019 da
Estação Primeira de Mangueira

Primeira parte

Dandara

Segunda-feira, 24 de fevereiro de 2020

9h

A primeira coisa que Dandara pensou quando acordou foi que, depois de tanta espera, o grande dia finalmente chegara. Ergueu-se um pouco, apoiando-se no cotovelo, e deu uma olhada para sua irmãzinha. Janaína já estava de pé, buscando uma blusa em um monte de roupas amarrotadas ao lado da cama. Dandara voltou a deitar-se e fechou os olhos. Estava dividida entre o chamado do sono e o desejo de começar, finalmente, a viver este dia. Lembranças confusas de um sonho se atropelavam em sua cabeça. Via as arquibancadas da Sapucaí, lotadas de coelhos eufóricos. Um outro coelho, gigante, sentado no carro alegórico de uma escola de samba, fazia truques de mágica. E Inácio, que voava com ela acima da passarela, próximo à águia da Portela.

Essa imagem lhe deu o impulso de que precisava para levantar-se. Abriu os olhos e se sentou na beira da cama. Conferiu pela janela. Era um dia lindíssimo. A luz do sol se refletia sobre as ondas do mar, dando a impressão de estarem consteladas de pequenos brilhos. No céu, as poucas nuvens pareciam perdidas no azul uniforme, prestes a se dissiparem. E embaixo da casa, o Morro do Penhasco Dois Irmãos fervia de movimento. Motos subiam ladeiras, lojistas levantavam as cortinas de ferro e salões de beleza atendiam as primeiras freguesas ao som de marchinhas de Carnaval e de sambas-enredo.

Da cozinha chegava um cheiro bom de café. Dandara pulou da cama, tomou um banho rápido sem molhar seus longos cabelos crespos e se sentou em frente à irmãzinha. A mãe preparara pão na chapa e colocara queijo na mesa. Em cima da cômoda, a televisão exibia trechos dos desfiles das escolas de samba da véspera, comentados pela voz inconfundível de Milton Cunha. Duas medusas roxas flutuavam em cima de um carro alegórico verde e azul, que representava o fundo do mar. Era decorado com sereias, algas e conchas.

— Que escola é essa? — perguntou Dandara à mãe.

— Paraíso do Tuiuti. Muito lindo.

A mãe sempre gostou daquela escola. “O nome me dá arrepios”, dizia. “É mais inspirador do que Acadêmicos ou Unidos!”

— Eu gosto da Unidos da Tijuca — declarou Janaína.

Falou como quem revela uma verdade profunda, obtida após longas e árduas pesquisas.

— Já sabemos — respondeu Dandara, com o ar entediado. — Já falou isso cem vezes.

A irmãzinha pulou da sua cadeira, como se estivesse esperando apenas essa oportunidade.

— E você não falou cem vezes, mil vezes, um milhão de vezes que vai desfilar com a Unidos de Madureira esta noite?

Dandara não respondeu. "Essa chata só quer brigar, mas não vou jogar o jogo dela", pensou. Ficaram um momento em silêncio, mastigando, bebendo. Caramba, o queijo estava bom demais. Na TV Globo, um jornalista estava entrevistando a porta-bandeira e o mestre-sala da Tuiuti, e Dandara fingiu estar interessada. "Qual é a sua impressão?" "Tudo foi ótimo, estou muito otimista."

Janaína levantou a cabeça de sua tigela.

Nunca se interessou pelo Carnaval e, esse ano, de repente, quer desfilar com a Unidos de Madureira só porque gosta do Inácio, que é torcedor da escola. Como é que se diz? Suburbano, é isso! E vai desfilar também! Nos ensaios, ela tratava sempre de se colocar ao lado dele, mas ele não dava bola. Gosta de uma passista!

Falou como se houvesse preparado cuidadosamente o que ia dizer. Como se estivesse na delegacia, apresentando uma denúncia que pudesse comprovar.

— Você nem sabe de nada, só fala para se fazer de interessante! — respondeu Dandara com a voz trêmula.

— Chega, gente! Não vão ficar brigando no Carnaval, né?!

A mãe falou num tom firme, e as irmãs baixaram a cabeça. Acabaram de comer em silêncio enquanto na TV Globo os componentes da Acadêmicos da Grande Rio estavam entrando na passarela. Dandara se recompôs, mas ficou muito chateada com o que Janaína havia dito. Como aquela pirralha havia descoberto seus sentimentos por Inácio? Não dava para entender. Nunca tinha falado disso com ninguém. Será que ela era tão transparente? Verdade, era para desfilar com o moço que conseguira uma vaga na ala, graças a uma amiga da irmã dele. Mas, embora essa fosse, de fato, a sua maior motivação, não era verdade que nunca se interessara pelo Carnaval. Isso era pura má-fé da parte da irmã. Dandara sempre gostou de assistir aos desfiles na televisão e, desde que começara a ensaiar com a Madureira, se apaixonara pelo assunto. Visitava as páginas das escolas no Facebook, o canal no Youtube do Pedro Migão, os sites Carnavalesco e Galeria do samba, as contas do Instagram das porta-bandeiras, das rainhas de bateria... A sua preferida era Evelyn Bastos, uma jovem negra da Mangueira que fizera o seu caminho até se tornar um ícone da Estação Primeira de Mangueira, uma estrela, admirada no mundo do samba pela sua beleza e pelo seu carisma. Como num conto de fadas...

Levou os seus pratos à pia e começou a lavá-los.

— Deixa, Dan — diz a mãe. — Não tem que ir já?

— Tenho sim, mãe, verdade.

—Marcou que horas com a moça?

— Às dez e quinze. Ela vai buscar as fantasias cedo e vai levar a minha no Largo do Machado.

A mãe olhou o relógio.

— Então já tá atrasada, vai!

Dandara pegou bolsa, celular e saiu. A mãe a acompanhou até a frente da casa. Encarou-a e falou em tom baixo, mas firme:

— Dandara, não sei o que tem entre você e esse rapaz. Se rolar alguma coisa... Lembra da conversa que tivemos sobre... as precauções?

Dandara sentiu o sangue fluir para o rosto.

— Para, mãe! Tá sem graça.

E foi embora sem se despedir.

A casa ficava em uma pequena viela estreita e inclinada na parte alta do morro. Dandara se apressou, saltando sobre as poças deixadas pela chuva do dia anterior, apenas virando a cabeça para cumprimentar vizinhos. A irritação causada pela irmã evaporara. Afinal, era o grande dia, né? Valia a pena deixar uma pentelha estragá-lo? Não valia nem um segundo.

Um cachorro correu ao seu lado e ela acelerou, divertida. O bicho a ultrapassou e esperou no final da viela de boca aberta, mexendo o rabo. Dandara lhe fez um carinho e dobrou a esquina. Um mototáxi parou ao seu sinal. Era Rodrigo, o irmão de uma colega de escola. Ele tirou o capacete.

— Dan, é verdade que você vai sair na Unidos de Madureira?

Parecia impressionado e um pouco incrédulo também.

— É verdade — respondeu ela, orgulhosa.

— Mandou bem! Vou assistir na televisão e tentar te achar!

— Demorou! Tô na ala que fica logo depois da terceira alegoria, a do Congresso. Não pode perder.

— Diz aí, como é que tu descolou essa vaga? Uma moça que mora perto do início da trilha sempre quis, mas não sabe como fazer!

— É segredo — disse Dandara, com um ar enigmático.

— Vai, diz! Para com esse mistério!

— Foi a amiga de uma amiga. Bora, Rodrigo, tô com pressa. Preciso buscar a minha fantasia. Outro dia te conto, fechou?

Começaram a descer. A moto não estava mais em boas condições. Fazia um barulho metálico a cada vez que Rodrigo batia o pedal. Ele se esgueirava fluidamente entre vans de entrega, carros e transeuntes. Gostava de se inclinar bastante quando virava, provocando protestos de Dandara.

10h

No meio do trajeto, Rodrigo parou. A rua estava interditada por um carro blindado. Dois PM's estavam ao lado, com colete e arma. Eram jovens e pareciam um pouco nervosos. Dandara sentiu um frio na barriga. Não podia se atrasar! Não hoje! Por favor!

Rodrigo deixou a moto ao lado da rua, a cerca de vinte metros, tirou o capacete e aproximou-se deles.

— Com licença, não dá pra passar?

Os PM's não responderam. Rodrigo repetiu a pergunta em tom cortês, porém um pouco mais alto. Um dos PM's virou-se para ele, o semblante enfurecido.

— Cê tá fazendo o que aqui? — gritou. —Não tá vendo que não pode passar? Vai meter o pé daqui agora, ou quer que te ajude?

Dandara e Rodrigo se afastaram e sentaram na mureta de uma viela perpendicular. Um letreiro "Temos gelo", pintado à mão e meio quebrado, adornava o muro em frente. Acima, fios elétricos emaranhados pendiam de um poste. Rodrigo pegou um maço de Pagode Azul, ofereceu um a Dandara, que recusou, e acendeu um para ele. Cigarro entre os dedos, mexeu no celular e mostrou a tela para Dandara. O aplicativo "Onde tem tiroteios" publicara um alerta: "Operação policial no Dois Irmãos".

— Droga! — exclamou Dandara. — Acha que pode durar muito?

Sabia que ninguém podia dizer, e Rodrigo também não, mas, ainda assim, esperou uma resposta tranquilizante.

— Depende.

— Mas não podemos passar por...

Foi interrompida por tiros, que pareciam sair de todos os lados. Rodrigo e Dandara se jogaram no chão. A gritaria vinha de cima e de baixo. Tiros isolados, algumas rajadas. Dandara sentiu subir esse medo com o qual convivia desde criança, sem nunca chegar a controlá-lo, cada vez que se encontrava em tal situação. Esse medo ofegante, tirânico, avassalador. O medo de quem está confrontado com forças hostis, poderosas e incontroláveis. Forças que podiam esmagá-la tão facilmente como ela podia esmagar uma barata, e sem muito mais remorso.

Entre dois disparos, Dandara e Rodrigo ouviram uma voz:

— Por aqui, meninos, depressa!

Uma senhora entreabrira a porta da casa ao lado. Uma pequena casa bege coberta de pichações. Os jovens correram para dentro com a cabeça abaixada. A senhora trancou a porta e os acompanhou até o banheiro, um pequeno cômodo sem janelas, cujos azulejos estavam soltos em vários lugares. O ar úmido evidenciava o uso recente do chuveiro.

— Aqui estamos seguros — disse.

Dandara, muito nervosa, pegou o celular. Precisava ligar para Tainá. A senhora interrompeu-a.

— Não tem rede aqui.

E, suspirando, acrescentou:

— Já é o segundo tiroteio da semana! Não aguento mais.

Rodrigo e Dandara abanaram a cabeça. A anfitriã precisava desabafar.

Aproveitando da presença de orelhas cativas, contou que a violência já lhe tinha custado um preço alto. Seu filho morrera vítima de uma bala perdida, um ano atrás.

— Era um dia lindo como hoje. Meu filho, Gabrielzinho, estava indo para escola quando começou um tiroteio. Eu já tinha falado com ele que quando acontecesse uma coisa dessas ele deveria correr, deitar ou procurar abrigo, mas na hora ele congelou pelo medo e não fez nada disso. A bala pegou na testa, do lado direito. Morreu de repente. Não sofreu. É o meu único alívio. A vida dele se foi de uma vez. Num segundo tava vivo, no seguinte, tava morto.

Os olhos da mulher se encheram d'água e ela se pôs a olhar o vazio. Ficou um momento calada. Dandara não sabia o que dizer. Já ouvira histórias desse tipo várias vezes. Um primo dela também morrera atingido por uma bala perdida.

Tratou de afastar essa memória, mas a tristeza da anfitriã já a contagiara. Começou a mexer com a tampa de uma garrafa de xampu, abrindo e fechando-a. *Click, click.*

— A PM também invadiu a casa alguns meses atrás — continuou a senhora. Estava procurando o filho dos vizinhos, dizem que é do tráfico. Entraram de repente, gritando e balançando armas. Sem cumprimentar, nem pensar em pedir licença. Revistaram a casa toda, viraram as camas do avesso, quebraram vasilhas e até uma cadeira e foram embora sem pedir desculpas. O que eu tenho a ver com isso? É culpa minha se o filho dos vizinhos faz besteiras?

A senhora estava quase chorando. Rodrigo se aproximou, passou-lhe a mão nas costas e voltou a se sentar. Ficaram em silêncio. Dandara continuava brincando com a garrafa de xampu, na tentativa de afastar a tristeza. Pensava no seu encontro. Será que Tainá ainda a estava esperando? Dandara olhava frequentemente para o relógio, como se pudesse retardar a marcha dos ponteiros. Não conseguia dizer se o tempo passava muito rápido ou dolorosamente devagar. Os dois, talvez.

11h

Quando o tiroteio finalmente parou, o silêncio pareceu tão frágil como uma fina camada de gelo. Ergueram a cabeça. Ninguém se atreveu a falar. Ficaram um ou dois minutos se olhando. A senhora se ergueu devagar e saiu do banheiro, cuidadosamente, seguida dos seus hóspedes. Entreabriu uma janela para dar uma olhadinha. Em outras janelas se viam outros rostos interrogativos. Rodrigo pegou o celular e procurou um lugar com sinal. Achou um alerta no aplicativo: "Operação policial no Penhasco Dois Irmãos finalizada".

Abraçaram a senhora, agradecendo-lhe a ajuda, e saíram. O sol batia forte. O ar parecia vibrar. Dandara procurou um lugar na sombra para conferir o celular. Achou três ligações perdidas e uma mensagem de Tainá. Ligou logo. Não teve resposta. Mandou um recado e falou para o Rodrigo: "Vamos logo!" Estava inquieta. Como a Tainá foi desligar o celular num dia desse?

Algumas pessoas já tinham saído. Na esquina, uma senhora estava chorando rodeada por vizinhos. "Estava tentando se esconder, foi baleado no pé e levaram o coitado como se fosse um marginal!" Os vizinhos escutavam, parecendo abalados. Rodrigo e Dandara chegaram na rua principal. A moto estava onde eles a deixaram. O chão ao redor estava molhado e um cheiro de gasolina enchia o ar. Rodrigou se aproximou e passou a mão no tanque.

— Aqueles filhos da puta foderam a minha moto!

Deu um chute na moto, sentou-se e desatou a xingar. "Como é que vou trabalhar agora? Quem vai pagar o conserto? E a comida, quanto dura?", perguntou, sem falar com ninguém em particular. Dandara ficava em pé, sem saber o que fazer. Depois de dois minutos, Rodrigo pareceu se lembrar de sua presença. Um outro mototáxi estava passando, ele o parou e pediu para acabar a corrida.

O motoqueiro a deixou no ponto, ao pé da favela. Subindo no ônibus, Dandara sentia um grande peso no peito, nos ombros, no coração. Viu desfilarem as praias do Leblon e de Ipanema, atingidas por ondas maciças. Poucas pessoas se atreviam a entrar na água, mas na areia se podia ver a multidão dos grandes dias. As barracas ergueram suas bandeiras, que flutuavam ao vento. Ao redor as pessoas jogavam futevôlei, tomavam água de coco, descansavam nas cadeiras, debaixo de guarda-sóis. Pensou em todas as vezes que ajudara a mãe a vender milho na praia, antes de ela conseguir aquele emprego num restaurante vegano de Ipanema. Os dias de calorão eram os piores. A areia quente fazia arder os pés e elas voltavam a casa exaustas, sem energia para nada.

Dandara voltou a pensar sozinha. Tomara que Tainá a esperasse! O seu celular estaria sem bateria? Talvez ela tivesse marcado outro encontro no mesmo lugar, um pouco mais tarde, e ainda estivesse lá, esperando a outra pessoa. E se ela também estivesse atrasada, ainda a caminho, e chegassem ao mesmo tempo? Vai saber, né? Não era possível que Dandara fosse a única a ter seus planos ameaçados pela zona que era a cidade.

Saltou do ônibus na praça General Osório e se apressou para a estação de metrô. O movimento lhe devolveu energia.

Correu, esgueirando-se entre os transeuntes. Sem querer, empurrou levemente uma senhora de aparência requintada. "Tá achando que tá no morro, minha filha?", cuspiu ela. Dandara não parou. Desceu as escadas, quatro degraus de cada vez, e quase caiu. Chegou a tempo de entrar no metrô que estava prestes a sair.

Seguiu o percurso no mapa das linhas, acima da porta. As estações se sucediam com uma lentidão avassaladora. Cantagalo. Siqueira Campos. Cardeal Arcoverde. "Caralho, ainda nem saímos de Copacabana!", pensou. "E ainda tem quantas? Botafogo, Flamengo e Largo do Machado. Quem fez essa porra dessa cidade tão grande?"

Eram bairros que conhecia pouco. Não se sentia à vontade fora do morro e dos seus arredores, como na praia do Leblon ou na avenida Niemeyer. E ainda menos em bairros residenciais, onde sentia olhares desaprovadores. Não sabia como se comportar; às vezes nem ousava pedir informação.

Já estava perdendo a paciência quando o metrô finalmente chegou à estação Largo do Machado. Saiu correndo do vagão. Os corredores estavam lotados. Nas escadas rolantes, a passagem estava bloqueada por um grupo de turistas. Acima, agentes os aguardavam com folhetos divulgando viagens ao Corcovado. Perguntou a um deles onde ficava o chafariz e ele apontou para uma bacia vazia com uma grande estrutura branca e uma estátua sobre ela.

A praça estava lotada de foliões fantasiados esperando um bloco. Rapazes sem camisa, vestidos com saias de lona leve, curtas demais para cobrir pernas musculosas e peludas. Moças de short e top; de biquínis, com orelhas de coelho na cabeça e purpurina pelo corpo; outras com maiô brilhoso e meia calça; foliões empoleirados em pernas de pau. Dandara adorava pernas de pau, mas caminhou no meio deles sem prestar atenção e chegou na fonte. Deu uma volta, duas, três, olhando para todos ao redor, procurando Tainá. A moça não estava lá.

Dandara sentou na beira da fonte. O eco de um bloco Carnavalesco vinha de uma rua próxima. E agora? Tentou ligar mais uma vez, sem muita esperança. Tainá não respondeu. Dandara ficou um instante indecisa. Se recompôs e procurou um outro nome no celular.

— Mariana? É Dan.

Contou o ocorrido.

— Sabe onde posso achar ela?

Escutou, tensa, focada, como uma estudante ouvindo a pergunta do exame oral de fim de semestre.

— E sabe o endereço dela? Tá bom, procura e me manda quando achar, por favor. Mas mora em Madureira, né?

Desligou e voltou para a estação. Não corria mais, mas seguia com um passo firme. Teve que evitar os foliões que vinham na direção oposta, em grupos. Subiu no vagão, esgueirando-se entre os inúmeros passageiros que desciam. A lenta sucessão de estações recomeçou. Desta vez, Dandara não se esforçou mais para seguir a rota no diagrama.

12h

Conhecia bem o trajeto para Madureira. Fizera-o inúmeras vezes ao longo dos últimos meses, para participar dos ensaios de rua da Unidos de Madureira. Saía do Morro Dois Irmãos depois da escola e só voltava bem tarde, exausta. Nos dias seguintes, ficava com as pálpebras pesadas e, nas noites sem ensaio, ia dormir cedinho. Amigas a achavam louca por desfilar em uma agremiação tão distante. Ela desconversava. Não queria falar do Inácio, o motivo real da sua determinação.

Será que era verdade o que a Janaína dissera, que ele gostava de uma passista? Vai saber! No início, Dandara esperava que, depois dos ensaios, ele voltasse no mesmo trem, no mesmo metrô, no mesmo ônibus. Mas sumia cada vez, e ela andava até a estação com outros componentes. Não foi antes do quarto ou quinto ensaio que ela se atreveu a lhe perguntar como ia voltar para o morro. E soube que não o faria no mesmo dia; passaria a noite na casa de tios e, no dia seguinte, iria diretamente ao seu colégio técnico, no Centro, para ganhar tempo.

Foi uma grande decepção, mas Dandara não desistiu. Continuou fazendo o longo trajeto e participando de todos os ensaios. Apostou nos momentos em que se aguardava o início, frequentemente atrasado, dos ensaios. Os componentes ficavam na rua, conversando, tomando uma cerveja. Ela esteve algumas vezes no mesmo grupo que Inácio. Ficava paralisada de medo. Quase não ousava abrir a boca e, quando o fazia, achava que só falava bobagem. Nunca desfilara, nem vira o Sambódromo com os seus olhos. Se sentia uma iniciante, digna apenas de escutar os experientes.

Inácio, no entanto, sempre fora simpático com ela. Na primeira vez em que a viu no ensaio, pareceu surpreendido; nas seguintes, se comportou como se fosse uma coisa natural. Devia ter ficado sabendo que ela conseguira a vaga através de Mariana, uma amiga da irmã dele. Cumprimentava-a sorrindo, e Dandara se sentia feliz, notada. Mas em seguida, ele cumprimentava outras componentes do mesmo jeito, e Dandara ficava perplexa. Será que as coisas mudariam depois do Carnaval? Que o fato de serem os únicos da comunidade a desfilar com Madureira criaria um vínculo particular entre eles? Era a esperança de Dandara. Iam compartilhar uma experiência forte, emocionante, que ele ainda não compartilhara com ninguém na comunidade, exceto a irmã. Seriam cúmplices, comparsas, confrades e, em pouco tempo, tomara, algo mais...

Tirou o celular da bolsa e releu o enredo do desfile pela centésima vez.

Inversões

Retratos de um Brasil diferente

O Dominante, um homem branco na faixa de cinquenta a sessenta anos, acorda em um Brasil nem melhor, nem pior, mas onde os preconceitos são invertidos. A presidente é uma jovem indígena. O Congresso é dominado por jovens negras. Homens são considerados como objetos sexuais. Favelas se encontram no asfalto e condomínios no morro. Idosas brancas são agredidas por policiais, as prisões estão cheias delas. Humanos puxam arados, vigiados por bois, enquanto insetos matam humanos com mata-moscas sem parecer dar qualquer importância a isso. Porta-bandeiras são homens e mestres-salas, mulheres. Tem um rei da bateria. Os membros da velha guarda se vestem como musas e as musas como membros da velha guarda.

Para garantir uma narrativa, em diversos pontos do desfile, um componente faz o papel do Dominante, descobrindo as alas, as alegorias, com ar chocado, abrindo a boca, levantando os braços...

O desfile deve nos fazer refletir sobre nossos preconceitos. Nos parece normal que o Congresso fosse dominado por velhos brancos, que o corpo das mulheres fosse usado como um adereço decorativo, que a vida dos animais tivesse pouco valor. Mas, realmente, precisa ser assim?

Dandara ficou pensando. Gostava da ideia, mesmo que fosse um pouco diferente. Verdade, eram os mesmos, sempre, os que recebiam as melhores fatias do bolo. Mas será que isso mudaria um dia? Será que *poderia* mudar? Imaginou-se em Brasília, a capital que só conhecia pelas notícias da televisão, chegando ao Congresso num carro blindado, cumprimentada por uma fila de servidores públicos congelados pelo respeito. Dando entrevistas aos jornalistas, comentando as últimas decisões que tomara. Sorriu. Era um pouco absurdo, né? Será que poderia tomar decisões sobre a economia, a política estrangeira? Como faria isso? Não era o seu universo.

Abanou a cabeça e abriu a galeria do celular. Procurou imagens dos ensaios. Mostravam a preparação, os componentes vestidos com a camiseta da agremiação esperando o início, conversando... Parou nas fotos de Inácio. Numa delas ele estava sem camiseta, ia colocar a oficial. O seu peito era forte e musculoso. Dandara ficou olhando uns minutinhos. Sentiu uma onda de sangue na virilha. Os seus mamilos começaram a endurecer, a sua respiração a acelerar. Puxa, que gato!

Nesse momento, o metrô chegou na Central. Parece que gravaram um filme aqui que foi um grande sucesso, contara-lhe a mãe. Dandara não imaginava como um lugar tão banal e desprovido de charme podia servir de cenário para um filme. Comprou um bilhete e entrou no último vagão. Chegou a tempo: faltavam alguns minutinhos para o trem sair.

O vagão se encheu gradualmente. O povo do trem era bem diferente daquele do metrô. As peles eram mais escuras, a roupa mais simples. O Dominante do enredo com certeza nunca viajaria num trem da SuperVia. Não tinha nada para ele fazer nos bairros que cruzava e, se um dia tivesse que se aventurar por lá, seria de carro blindado, com o motorista e o guarda-costas dele.

13h

Dois adolescentes se sentaram em frente a Dandara. Carregavam uma caixa de papelão, da qual saíam miaus assustados.

— É um gatinho? — perguntou Dandara.

— É — respondeu a moça.

— Posso ver? Adoro gatinhos!

O moço abriu a caixa, pegou uma pequena bola de pelo branca e preta e a entregou a Dandara, que a beijou e a passou no rosto.

— Que fofo! É macho ou fêmea?

— Fêmea — respondeu o moço.

— E o que vão fazer com ela?

— Um churrasco.

Dandara ficou congelada.

— Um churrasco de gato, para vender na Sapucaí — acrescentou o moço, sorrindo da reação de Dandara.

— Não liga pro meu irmão, ele tá brincando — interveio a moça. — A gente acabou de ganhar a gatinha de uma colega e tá levando pra casa.

Dandara suspirou aliviada. Continuou a passar a gatinha no rosto, cheirando-a, dando-lhe beijinhos. A gatinha se agarrava a ela com as patinhas. Parecia, ao mesmo tempo, assustada, curiosa e confiante na pessoa desconhecida que a manuseava. Dandara se sentia conquistada pelo carinho. "Quero uma dessas", pensou. "É tão fofa! Vou conversar com mamãe."

— Você não tem nenhum bicho? — perguntou a moça.

— Não mais. A gente tinha um gato velho, mas sumiu. Queria muito ter outro.

— Vou te dar o zap da minha colega. Ela ainda tem uns gatinhos para doar.

Dandara aceitou por cortesia, sabendo que não precisava viajar até a Zona Norte para adotar um gato. Sentiu uma pontada no coração quando o moço recuperou a gatinha antes de descer com a irmã. Pegou o celular e apagou o número que os irmãos lhe deram. Mas, de qualquer jeito, queria convencer a mãe e achar um bicho no bairro.

Um grupo de jovens, visivelmente bêbados, subiu na estação seguinte. Dandara a princípio não prestou atenção, mas falavam alto e um deles escutava música no viva-voz, sem ligar para os outros passageiros. Os jovens conversavam sobre roubos de carga dos quais participaram, orgulhosos como se fossem grandes feitos.

— O caminhoneiro se cagou de medo quando pus o ferro na cabeça dele — contou um. — Chorava igual um *viadinho*: "Sou pai de três filhos, por favor, por favor!"

Os outros riram. Dandara virou a cabeça e os registrou discretamente. O mais velho não devia ter mais de vinte e cinco anos. Usavam colares, anéis e brincos e seus braços estavam inteiramente tatuados. No pescoço de um deles estava pendurado um grande crucifixo dourado. Debaixo da roupa de alguns, armas podiam ser percebidas.

— Quanto mais o cara chora, mais dá vontade de disparar — comentou o outro.

Começou a imitar as súplicas de um caminhoneiro, juntando as mãos em um gesto de oração, fazendo caretas, para diversão de seus colegas.

No vagão, as conversas pararam. Dois adolescentes olhavam boquiabertos; pareciam fascinados. Os outros passageiros se esforçavam por virar a cabeça em outra direção para parecer que não estavam ouvindo nada. Dandara achava esta calma forjada tão opressiva como a cena atrás deles. "Será que alguém vai avisar à polícia?", pensou. Se for o caso, pode criar confusão, ou mais. Seria melhor não ficar perto. Resolveu mudar de vagão na estação seguinte, mas quando o trem freou, viu os meliantes se aproximarem da porta para sair.

Passou o resto do trajeto mexendo no celular, tentando afastar da cabeça a imagem daqueles vadios. Sentia um frio na barriga. Tentou pensar na gatinha, mas o carinho pelo bicho se misturava com o espanto da cena que acabava de presenciar. Sabia que não poderia mais pegar a SuperVia sem pensar naqueles marginais e que, nas próximas vezes em que visse passar um caminhão, lembraria deles e a cada vez sentiria esse frio na barriga.

14h

A primeira coisa que percebeu, quando desceu em Madureira, foi que o ar mudara. Estava carregado de umidade e algumas rajadas de vento sopravam panfletos caídos na plataforma. Dandara olhou o celular; Mariana mandara o endereço. Dandara o digitou no aplicativo enquanto andava seguindo as indicações. Desceu a passarela e avistou a quadra da Império Serrano. Sentiu uma ponta de orgulho:

Unidos de Madureira não tinha o passado glorioso da verde e branco, mas, ao contrário desta, conseguia se manter no grupo principal.

Seguiu um pouco, atravessou uma rua e chegou a uma zona cheia de comércio. Uma loja de roupas tocava o samba-enredo da Unidos de Bangu:

Mar me leva, dor no mar
Sou o par da angústia
Tanto irmão à minha volta
Na revolta da maré
Nego tem que ter fé
Ê, nego tem que ter fé

Toda vez que ouvia esse trecho, Dandara pensava: mesmo que a vida fosse dura no Rio, foi ainda muito mais dura para os seus ancestrais que chegaram nesta terra em navios negreiros. Não sabia se esse pensamento era reconfortante ou não. Talvez devesse falar disso com a mãe.

Quanto mais andava, mais lotada ficava a rua. Dandara precisava se cuidar para seguir seu caminho sem ser empurrada a cada instante. Além dos clientes habituais da área comercial, passavam muitos foliões. Os ambulantes vendiam seus itens habituais: capas para celulares, carregadores, bijuterias baratas e camisetas. Acrescentaram artigos de Carnaval: confetes, arcos decorados, serpentinas, máscaras, chapéus de piloto, kits de maquiagem, tiaras faraó... Alguns estavam estendendo lonas para proteger a mercadoria das rajadas de vento e da chuva que chegaria em pouco.

A rua do Mercadão estava ocupada por um bloco Carnavalesco. Em cima de um pequeno caminhão, uma banda tocava uma canção de Leci Brandão, de que a mãe de Dandara gostava:

Em Madureira,
Em Madureira,
Em Madureira,
A negra raça guerreira encontrou o seu lugar

Em frente, numa área fechada com uma corda, andavam a bateria, as passistas e a porta estandarte. Alguns componentes, vestidos de laranja, traziam jubas de leão, feitas de pano barato, na cabeça. Dandara leu o nome do bloco: Os Leões da Savana de Madureira.

Quis dar a volta à corda, mas a multidão era tão densa que não conseguiu. Se conformou em esperar a passagem do bloco. Este avançava devagar, e os foliões, que o acompanhavam dançando, não paravam de empurrar. Dandara se refugiou na saída de uma loja.

Assim que a traseira do caminhão passou, a multidão se dispersou e Dandara conseguiu retomar o seu caminho. Atravessou a rua e andou algumas centenas de metros. Estava na frente do Mercadão de Madureira quando desabou um temporal. Os transeuntes correram para se refugiar no interior e ela os seguiu.

A chuva caía forte. Cada gota estourava no asfalto como uma pequena bomba e o barulho feito pelas que caíam nos telhados de ferro ondulado parecia um rugido interminável de trovão. Era um pouco assustador. Depois de esperar alguns minutos, Dandara se afastou do portão e foi passear no mercado. Era a primeira vez que entrava ali. Caminhou por um longo corredor ladeado por lojinhas de todos os tipos: papelarias, bijuterias, cabelereiros, ervas naturais, petshop, calçados, xerox, brinquedos, acessórios para celular, jardinagem, chuveiros... A sua atenção era constantemente atraída para algo novo. Não sabia para onde olhar. Um cheiro de temperos lhe acariciava o nariz. O Mercadão lhe parecia bem maior do que o camelódromo, no qual passeara algumas vezes com a mãe, e muito mais ordenado e colorido também.

Passeou um pouco aleatoriamente até que um cheiro bom de pão de queijo exalou de uma loja de lanches mineiros. Dandara não comeu nada desde que saiu de casa e percebeu que estava com fome. Tinha pouco dinheiro e hesitou muito antes de pedir uma fatia de pizza, das mais baratas, com um refresco de caju. Estava um pouco envergonhada da modéstia do pedido, mas a funcionária não pareceu se importar. Serviu a fatia mecanicamente num prato de alumínio e voltou a conversar com sua colega de trabalho. Dandara comeu em pé no corredor, observando as idas e vindas.

Havia clientes de todas as idades, de todos os tipos, trazendo bolsas de plástico, parando para examinar as mercadorias, ou caminhando em passo rápido; alguns entregadores empurrando carrinhos de carga. O Mercadão também é um organismo que deve ser alimentado regularmente, pensou Dandara. Engolida a pizza, voltou à entrada, viu que a chuva ainda estava forte. Esperou uns cinco minutos à toa e retomou a caminhada. Parou em uma papelaria, que parecia ter cartões de felicitações para todas as ocasiões possíveis; depois, em uma loja que vendia tintas de dezenas de cores. Subiu uma escada que levava ao segundo andar, que era um pouco menos movimentado.

Umas lojas que vendiam artigos de Candomblé e de Umbanda chamaram sua atenção. Era um universo que conhecia pouco. Sua avó a levou algumas vezes a um terreiro em Laranjeiras, e a mãe costumava fazer oferendas de flores, bijuterias ou perfumes a Iemanjá no dia dois de fevereiro, mas Dandara nunca se interessara particularmente por essas coisas. Lá, na Zona Sul, se praticava de um jeito discreto. E ainda mais depois que alguns pastores evangélicos denunciaram os cultos afro-brasileiros como "coisas de Satanás" e que gangues ligadas a eles incendiaram terreiros. Nunca tinha visto uma loja dedicada especialmente a artigos desses cultos.

Muitas delas estavam fechadas. Entrou em uma das poucas que não estavam, sem pensar. Foi uma decisão do seu corpo, da qual a sua mente não participara. Passeou entre as prateleiras, olhou as sementes de várias cores, os terços, as pulseiras, os machadinhos enfeitados e tantas outras coisas que não conseguia identificar. Como se podia usar tudo isso? Era bem diferente das oferendas que a sua mãe comprava. Duas moças conversavam sobre sementes. Parece que queriam fazer um colar, ou talvez um terço. Invejou-as pela familiaridade com que falavam sobre essas coisas. Prometeu a si mesma aprender sobre elas.

Um cheiro bom de incenso estava flutuando no ar. No fundo da loja se ouvia uma canção:

Africanidade: Eu tenho
Africanidade: Eu sou
Africanidade, me leva
Pros caminhos onde vou

É força divina
É digna
É profissão de fé
Que tem na natureza
A beleza
E a pureza do axé

Dandara foi tomada por um sentimento estranho. Percebia um poder invisível, flutuando no ar. Mas, diferentemente daqueles com os quais ela costumava ser confrontada, esse parecia benevolente. Sentia-se amparada, protegida. Não podia explicar, nem tentar. Não era nada lógico ou destinado a ser. Era. Simplesmente.

A vendedora se aproximou, uma moça com um rosto simpático.

— Está procurando algo para um ritual, meu amor?

Dandara, pega de surpresa, balbuciou:

— Não sei... Na verdade... Não conheço os rituais...

— Vem por aqui, vou te mostrar algumas coisas. O Candomblé é a religião trazida pelos nossos ancestrais.

Falou das raízes africanas dessa fé, da hierarquia dos Orixás, guias e protetores. Dandara escutava, superconcentrada. Não entendia tudo, mas mesmo assim, gostava.

— Os rituais podem variar de terreiro pra terreiro, de acordo com a Ialorixá ou o Babalorixá, mas, aos olhos dos Orixás, é tudo um.

Falou dos diversos rituais e dos seus usos. Os de iniciação, de descarrego, de purificação. Muitos ritos eram secretos.

— Eu fui iniciada como filha de Oxóssi — contou.

— E os rituais de amor? — perguntou Dandara, um pouco envergonhada.

— Ah, os rituais de amor... aí é mais delicado, porque pode mexer com o livre arbítrio do outro. E o negócio é poderoso! Se deve ter mais cuidado do que com outros tipos de feitiço. Devem ser executados sempre da forma correta...

15h

A vendedora foi chamada por outra cliente. Desculpou-se e foi atendê-la. A mulher contou uma longa história sobre o seu neto, que tinha epilepsia desde criança, como o seu avô. A vendedora escutava, fazia perguntas. Dandara olhou o relógio. Nossa! Bem que queria aprender mais, mas o tempo estava voando e não podia ficar muito. Sua prioridade era achar Tainá, onde quer que fosse. Esperou mais um pouco, mas a conversa não parecia acabar. Olhou o relógio novamente. Prometeu a si mesma voltar. "Com certeza, né, Dan? Isso aí, com certeza", resolveu.

Retornou à entrada. Ainda caíam algumas gotinhas, mas a maior parte da chuva passara. "Ainda bem que choveu", pensou. "Tudo o que caiu agora não vai cair à noite, durante os desfiles." Continuou seu caminho no bairro, o mais rápido possível, guiando-se pelo aplicativo do celular. À medida que se afastava do Mercadão, as ruas se tornavam mais calmas. A zona comercial deixava gradualmente lugar a um bairro residencial.

Chegou à rua certa. Tainá morava no número 31. Era uma pequena casa colorida de dois andares, já um pouco degradada. Dandara ficou em frente um minutinho, intimidada. Tainá era uma moça simpática, mas não eram amigas. O que pensaria vendo-a chegar assim, sem aviso prévio, quando nem devia conhecer esse endereço? E com quem vivia? Dandara respirou. Lembrou da canção de Leci Brandão e do sentimento que tivera na loja de Umbanda e tocou a campainha. Esperou um momento. A casa estava silenciosa.

Dandara foi dividida entre o desejo de ir embora e o de insistir. Tocou outra vez. Depois de meio minuto, ouviu passos e uma voz xingando. Uma senhora de meia idade, vestida com um roupão, abriu a porta. Os olhos dela estavam vermelhos, como se tivesse acabado de acordar. Ou de beber.

— O que você quer?

— Boa tarde. Tô procurando a Tainá. Essa é a casa dela?

A senhora olhou-a da cabeça aos pés, parecendo desconfiada.

— Quem é você?

— O meu nome é Dandara. Sou colega da Tainá.

— Nunca falou de você.

Dandara ficou paralisada uns segundos. A senhora estava imóvel, o semblante fechado.

— Está em casa?

— Não está, não.

— Sabe onde ela tá agora?

— Não sei. Ela tem vinte e quatro anos, não me informa de todos os seus atos.

O tom era firme. Dandara não tinha se preparado para isso. "Vai bater a porta na minha cara", pensou. "E aí que tudo ferrou, mesmo." Tomou coragem para jogar as suas últimas cartas.

— Preciso pegar a minha fantasia com ela.

—Fantasia?

— Isso mesmo. Uma fantasia para o desfile desta noite. Estamos na mesma ala e ela devia pegar o material na Cidade do Samba.

A senhora balançou a cabeça, sem responder.

— Tentei ligar pra ela várias vezes, mas não atende.

A senhora deu de ombros.

— O celular deve estar descarregado, como sempre.

— E as fantasias, não estão aqui?

— Não estão, não. Já tem bastante bagunça por aqui. Só faltava transformar a casa em armazém de escola de samba!

Ficaram um momento sem falar. Dandara sentia lágrimas chegarem aos olhos.

— Se ela voltar, pode pedir para ligar pra Dandara? — perguntou com voz trêmula.

— Tá bom, menina.

— Obrigada. Tchau.

A senhora nem respondeu. Dandara se afastou. Sentia-se humilhada, triste e enfurecida. Estava com vontade de chorar e, ao mesmo tempo, de chutar tudo ao seu redor. E se Tainá não voltasse a casa? O que Dandara poderia fazer?

O celular dela vibrou. Era um recado de Inácio.

> Oi, Dan, tá pronta para esta noite? Vamos arrasar na avenida! A fantasia é show de bola!!!! 😊😊

Dandara sentiu uma onda de alegria. Não costumava trocar mensagens com Inácio. Será que, afinal de contas, ele gostava um pouco dela? Esse pensamento encheu seu peito de um calor bem agradável. Sentiu um pouco de umidade entre as pernas. Mas não sabia o que responder. Inácio parecia contar com ela, e ela não queria admitir que ainda não conseguira a sua fantasia, que talvez não a conseguisse. Pensou um momento e escreveu:

> Kkkkkk, com certeza, você deve tá sinistro nela! Nos vemos lá! 😊😊😊

Ligou para Tainá mais uma vez e, como imaginara, foi à toa. Ligou para Mariana e contou o ocorrido. Ficou escutando. “Pensa que eles podem me ajudar? E como é que eu faço para chegar lá?” Pegou uma caneta na bolsa e escreveu na palma da mão. “Obrigada, Mariana. Vou lá agora mesmo.” Sentiu uma pequena fagulha no coração, como a brasa de um fogo que não consegue apagar-se, apesar da chuva.

Voltou à estação. Os Leões da Savana de Madureira se espalharam, mas os bares ainda estavam cheios de foliões tomando cerveja ou caipirinha em pequenos grupos. Pareciam relaxados, ouviam-se risos. Uma moça tocava pandeiro e cantava para si mesma. Dois moços se beijavam avidamente. Dandara se sentiu injustiçada. “Por que todos podem aproveitar este dia menos eu?”, pensou. “Por que não posso estar de boa como eles? Ou como o povo da praia?”

Passou a catraca, desceu até a plataforma e sentou-se num banco. Pensou em Inácio, em Tainá. Lembrou-se da conversa com a vendedora da loja de Candomblé. Será que esses rituais de amor eram eficazes? Que tinham um efeito imediato? Será que podia fazê-los sozinha? Se não, tinha que ir a um terreiro, pedir a ajuda de uma mãe ou um pai de santo? "Talvez tivesse sido melhor esperar que a vendedora acabasse de atender a cliente", pensou. "Ou aproveitar que estava em Madureira para voltar lá e aprender mais." Embalada por seus pensamentos, não se dera conta de que a plataforma enchera e que mais e mais passageiros continuavam chegando. Desconhecidos discutiam. Ouviam-se palavras como "orçamento", "avaria", "falta de manutenção".

16h

Dandara acabara de se levantar para ceder seu lugar a uma idosa quando o trem finalmente chegou. Estava superlotado. Magra como era, Dandara conseguiu entrar, mas algumas pessoas ficaram na plataforma. "Coitadinhos", pensou. No vagão, jovens fantasiados tomavam cerveja e cantavam. Alguns batiam o pé no chão para marcar o compasso. Componentes de desfiles seguravam grandes sacolas de plástico preto. O rapaz ao lado de Dandara não parava de bocejar. Tinha o semblante de alguém que não dormiu por alguns dias.

A cada parada, passageiros se empurravam para chegar à porta e descer, outros para subir. Dandara recebia cotoveladas nas costas, no estômago, nos quadris. Ao se aproximarem de uma estação, sentiu uma mão acariciar as suas nádegas. Gritou. Uns rostos moderadamente interrogativos se voltaram para ela. Sorriu. "Desculpem", murmurou, envergonhada. Boba, por que gritar assim? Mudava algo, além de fazê-la parecer louca? Pensou no seu celular. Se podiam acariciar uma bunda sem serem vistos, também podiam roubá-lo. Pegou-o da bolsa e colocou-o dentro da calcinha. Não era agradável, mas pelo menos era seguro.

O calor era sufocante. Cheirava a suor. O espaço estreito dificultava a respiração. Dandara se sentia presa. O ar tinha mais e mais dificuldade para chegar-lhe aos pulmões. Toda a sua consciência estava focada em sua garganta, uma garganta que de repente lhe parecia estreita como uma agulha de seringa. Foi ficando ofegante. Sentiu o pânico tomar conta dela. Tentava aspirar o ar, mas não sentia os seus pulmões inflarem. Era como tratar de encher um pneu furado. Não podia aguentar mais, devia sair! Encaminhou-se para a porta, com muita dificuldade, e desceu na estação seguinte. Sentou-se num banco, tentando recuperar o fôlego. O fio de ar foi virando um pequeno riacho, e, à medida que este crescia, o pânico diminuía.

Uma ambulante se aproximou, o semblante inquieto.

— Tudo bem, meu amor?

Dandara sentiu uma imensa gratidão e um pouco de vergonha. Tratou de sorrir.

— Já estou melhor, obrigada. Tava muito imprensada lá dentro.

— Tá precisando de alguma coisa?

— Não, obrigada. Agora tá tudo certo.

A senhora não parecia convencida. Abaixou-se para olhar Dandara mais de perto.

— Tem certeza? Se precisar de qualquer coisa, diga. Tenho uma filha da sua idade.

Dandara desejou que a senhora ficasse mais um pouco. A presença dela a tranquilizava. Ajudava-a a respirar. Mas não sabia como pedir e, se o soubesse, não teria ousado.

— Preciso não, de verdade. Muito obrigada pela preocupação. Deus te abençoe.

— Que Deus te proteja — respondeu a senhora.

Foi embora, e Dandara ficou um pouco triste. Por que não falara? Por que não aceitara essa ajuda? Não achou nenhuma razão.

17h

O trem seguinte estava um pouco menos lotado, e ela conseguiu entrar. Saiu na Central e se apressou, seguindo as indicações no celular. Sentiu um arrepio ao passar pelo túnel João Ricardo. O barulho dos carros ressoava contra as paredes. Era ensurdecedor. E o lugar era o cenário ideal para um assalto, pensou. Mas saiu sem nada ter acontecido. Não teve que procurar a Cidade do Samba: as paredes maciças e beges se erguiam à esquerda, na encruzilhada seguinte. Caminhou até a entrada, um pouco ansiosa. Temia que os seguranças do portão perguntassem o que ela estava procurando. Não ousou encará-los, mas tampouco eles pareciam prestar-lhe atenção. Chegou a um grande pátio rodeado de grandes barracões sem janelas, como edifícios industriais. Acima da entrada de cada um, uma placa indicava o nome da agremiação que o ocupava. Ficou boquiaberta. Nunca havia pensado que a Cidade do Samba fosse tão grande. O complexo ocupava um grande quarteirão por inteiro.

Deu uma volta, procurando o barracão da Madureira. Passou os da Portela, do Salgueiro, da Mocidade, do Tuiuti... Alguns carros alegóricos dos desfiles da noite anterior estavam lá, descuidados. Aproximou-se de um deles, que devia representar uma floresta tropical. Era feito de lona e de poliestirenos pintados. Abaixo se podia enxergar o chassi e o assento do motorista. Como era possível que essa montagem de papelão parecesse tão luxuosa na televisão?

O barracão da Madureira ficava no canto mais distante da entrada. Uma pequena porta estava aberta. Aproximou-se, um pouco receosa. Chamou. “Tem alguém aí?” Não teve resposta. Ficou um minutinho, não ousando entrar. Ouviu um barulho atrás dela. Uma moça estava voltando ao barracão, com uma garrafa de água e um salgado.

— Pois não? — disse ela. — Tá procurando alguém?

Dandara explicou a situação.

— A Tainá tá aqui?

A funcionária balançou a cabeça.

— Não conheço ela, mas, de todo jeito, só tem eu aqui. Você não consegue ligar pra ela?

— Já liguei, mas ela não atende.

— Então não posso te ajudar. As fantasias já foram entregues, não tem mais nada aqui.

Dandara ficou apenas decepcionada. No fundo do seu coração, já sabia. Se a Tainá tinha que lhe entregar a fantasia às dez e quinze, claro que ela não podia ainda estar na Cidade do Samba. Na verdade, Dandara não viera por acreditar que tivesse alguma chance de encontrá-la, mas porque queria adiar o momento que acabara de acontecer. O momento no qual devia admitir que chegara ao final do caminho e que não tinha mais nada para fazer, exceto enfrentar o fato de que o seu sonho estava desabando. Se Tainá não se manifestasse, Dandara não desfilaria esta segunda com Inácio. E já sabia que ele não poderia desfilar no sábado, mesmo que, caso improvável, a agremiação se qualificasse para o sábado dos campeões pela primeira vez em dez anos. Todos os esforços que realizara nos últimos meses teriam sido em vão.

Despediu-se da funcionária e foi à parada de VLT que ficava no pé do morro da Providência. Quem a observasse não reconheceria aquela moça cheia de energia que corria no metrô, como uma velocista de competição. Agora andava devagar, o corpo abalado, os ombros caídos.

Desceu na Cinelândia para pegar o metrô. A estação estava bastante movimentada. Trabalhadores voltavam para casa, foliões transitavam, componentes dos desfiles chegavam... Dandara passou seu cartão na catraca, que fez um som desagradável, e a tela marcou: "saldo insuficiente". Um segurança se aproximou, o rosto interrogativo, olhou a tela e indicou os terminais automáticos. "Pode recarregar lá." Uma fila já se formara, e Dandara esperou a sua vez. "É sempre quando está lotado que acaba o saldo", pensou. "Sempre, sempre, sempre." Felizmente, a fila avançava rapidamente. Dandara chegou frente ao terminal e inseriu seu cartão. O saldo era de um real e dez. Procurou na sua bolsa. Só achou uma nota de dois reais. Não bastava. Se virou para a pessoa atrás dela, um jovem fantasiado de dragão, com cabelos tingidos de amarelo.

— Você pode me ajudar? Preciso de dois reais.

— Gostaria muito, mas só tenho uma nota para a minha recarga.

Dandara ficou alguns segundos perdida.

— O que tá fazendo aí, garota? Se não quer recarregar, sai da fila! — gritou alguém.

Enquanto Dandara se afastava, cabisbaixa, começou uma confusão perto das catracas. Uns foliões estavam discutindo com um segurança. Passageiros curiosos se aproximaram. O tom subiu. Os outros seguranças vieram ajudar o colega. Todos pareciam absorvidos. Dandara deu uma olhadinha. Ninguém estava olhando na sua direção. "Agora é a hora", pensou, sem saber de onde veio a resolução. Pulou a catraca, o coração batendo. Ninguém pareceu prestar atenção. Acelerou o passo e desceu até a plataforma.

Esperou, temendo ouvir uma voz que diria: "Você aí, sim, menina, estou falando com você! Sim, você que pulou a catraca! Vem comigo!" Mas o metrô saiu da estação sem que nada tivesse acontecido. A mãe dela não teria gostado de saber que a filha tinha pulado a catraca. Sempre insistira para que suas filhas se comportassem de um jeito irrepreensível. "Gente como a gente não tem perdão, então não podemos dar motivo para virem atrás. O único caminho é ser melhor do que eles."

18h

Dandara olhava fixamente pela janela, onde não tinha nada para ver. Sentia-se esmagada por um peso enorme. Uma montanha de pedra, ou melhor, de chumbo, que não deixava passar nem as suas lágrimas. Todo o seu corpo se inclinava para baixo. Gostaria de poder se inclinar ainda mais, mais, e mais, até atingir o chão, ser absorvida por ele, desaparecer em suas entranhas e nunca mais sair de lá. Poderia se esconder, descansar lá, escapando de tudo o que a oprimia. Empurrou com ambos os pés, mas o chão ficava firme debaixo dos seus pés, como se lhe dissesse que ela não pertencia a esse mundo abaixo, que tinha que ficar na superfície, onde tiroteios podiam ocorrer a qualquer momento, onde cada tempestade destruía casas na comunidade, onde se estudava sabendo que havia poucas chances de levar a boa vida que as pessoas do asfalto conseguiam sem esforço.

Saiu da estação e caminhou devagar até o ponto de ônibus. Algumas pessoas já estavam esperando. Entre elas estava Dona Maria, uma amiga da tia que a cumprimentou com um grande sorriso.

— Ei, menina linda, quanto tempo, hein?... Tudo bem?

— Tudo bem, obrigada. E você?

— Tudo ótimo.

Dona Maria gostava de falar da sua saúde. Contou os exames que já fizera, as suas inquietações. Dandara escutava educadamente. Não era apaixonada pelo assunto, mas a fazia esquecer um pouco o resto.

O ônibus chegou. Subiram uma atrás da outra. Dandara passou o seu cartão na máquina e, quando Dona Maria percebeu que estava sem saldo, usou o seu para deixar a menina passar. Sentaram-se juntas, e Dona Maria continuou a sua história. Dandara estava um pouco perdida entre os raios-X, os exames de sangue e termos médicos que não entendia (que caralho era uma proctologista?), mas continuava escutando atentamente. As palavras, as poucas que ouvia, perdiam o seu sentido. Se tornavam puro som. Um som que lhe permitia abafar aqueles que ressoavam no seu peito.

Elas desceram no ponto seguinte, e Dona Maria se despediu calorosamente. Não parava de agradecer à menina. Para Dandara, aquilo pareceu tão imerecido quanto a hostilidade que, como negra e favelada, às vezes enfrentava. Não fizera nada para merecer tal reconhecimento, exceto ficar imóvel, escutando, sem realmente se preocupar. Pouca coisa, sem proporção com o reconhecimento de Dona Maria. Será que o amor não tinha mais lógica do que o ódio? Caem-lhe em cima como a chuva, sem que você possa impedir? E só resta escolher entre ficar molhada ou procurar abrigo?

Subiu o morro a pé, como o fizera tantas vezes. Sempre fora coisa de nada para ela. Mas desta vez sentiu que o cansaço do seu longo dia pesava sobre as suas pernas e os seus pés. Ela já estava lutando há nove horas, para nada.

19h

A casa estava vazia. Dandara tomou um banho e se trancou no quarto. Gostaria tanto de ter a gatinha do vagão com ela neste momento! O bicho, pelo menos, não a julgaria. Só lhe traria doçura e carinho, sem se importar com o Carnaval e o desfile fodido. Tentou entender o que dera errado. Numa noite como esta, três mil componentes em cada uma das seis escolas conseguiram a fantasia deles. Dariam dezesseis... não, dezoito mil pessoas. Será que só ela era tão boba para não conseguir? Tratou de imaginar como poderia explicar isso a sua família, a suas amigas, ao Inácio... Este pensamento abriu uma comporta nela. Uma lágrima nasceu no canto do seu olho. Uma segunda. Uma terceira. Desatou a chorar. Todas as lágrimas que ficaram dentro o dia todo pareciam se precipitar na brecha, como se já tivessem esperado demais. Não conseguia controlar.

Durou um tempo que lhe pareceu sem fim. E, quando parou, ficou deitada, sem energia. Barulhos chegavam da rua e lhe soavam como zombaria. Para os outros, a vida continuava, com música, risos, esperança. Sentia-se profundamente estranha neste mundo de gente feliz e de sucesso. Não era feito para ela.

Ouviu a porta da casa se abrindo. Tomara que não fosse a chata da Janaína. Chata, chata, chata! Colocou a cabeça debaixo do travesseiro. Ouviu passos na sala, que também servia de cozinha. O som da televisão que estava ligada. Barulho de bolsas colocadas na mesa e de quem prepara um chá. "A chatinha não toma chá", pensou Dandara. "Deve ser mamãe". Esse pensamento a aliviou.

Estava hesitando em ir se refugiar no colo da mãe quando a maçaneta virou.

— Janaína? — perguntou a mãe. — Por que trancou a porta?

Dandara se levantou e destrancou. A mãe entrou e fez uma careta de grande surpresa.

— Dandara? O que você tá fazendo aqui? Por que não tá na Sapucaí?

A filha baixou a cabeça, sem responder. A mãe a olhava, com uma expressão preocupada.

— O que foi, Dan? Você tava chorando?

Dandara se deitou no colo da mãe e recomeçou a derramar lágrimas, silenciosamente. A mãe passou a mão na cabeça da filha. Ficaram um momento sem falar. Então a mãe mudou de expressão.

— Será aquele moço?

Ao ouvir de Inácio, Dandara redobrou de choro. A mãe a apertou mais. Ficaram abraçadas uns minutos.

— Tenho que preparar o jantar — disse a mãe. —Vem comigo, ficar sozinha no quarto não vai adiantar.

20h

Dandara se sentou à mesa e olhou a mãe tirando as compras da bolsa e começando a cozinhar. Arroz, feijão e salada de chuchu com cebola roxa, uma receita que aprendera no trabalho. Dandara adorava essa salada, mas olhava sem vontade, como se a mãe estivesse preparando a tigela do cachorro. A TV Globo mostrava *flashes* ao vivo da Sapucaí. Lá a tensão começava a subir. Torcedores das escolas de samba cantavam e pulavam em frente às câmeras. As arquibancadas já pareciam bem cheias. Um jornalista entrevistava a rainha da bateria da Madureira. Dandara desviou o olhar. Agarrou o controle remoto e mudou de canal. Deparou-se com uma novela na qual brancos ricos brigavam por uma herança.

— Tem razão — diz a mãe. — Essa agitação é um pouco cansativa.

Dandara se sentiu grata. Teve vontade de chorar de novo no colo da sua mãe, que colocava o chuchu na mesa.

— Me ajuda? Pode descascar e picar?

Enquanto Dandara estava cortando, a mãe contou a história de uma vizinha que, mocinha, se apaixonara por um mestre-sala e resolveu se tornar porta-bandeira para ser parceira dele. “Estava totalmente doida por ele; parecia que nada tinha importância além dele.” Ensaiava na cozinha, com uma vassoura que batia nas prateleiras. Muitas vasilhas se quebraram, os pais ficavam doidos. O mestre-sala finalmente se casou com a rainha da bateria. A vizinha parou de ensaiar, começou a aprender jiu-jitsu e não falou mais de virar porta-bandeira. “Ela se casou com um rapaz que conheceu no treino e parece superfeliz.”

Dandara sentia onde sua mãe queria chegar, mas não tinha energia para pensar. Parecia que as lágrimas tinham levado todas as suas forças. Estava nesse estado quando o celular tocou. Olhou a tela, um pouco chateada. E de repente, o seu semblante mudou.

— É a Tainá! — exclamou.

Escutou um minutinho, com o celular colado à orelha. Uma alegria indescritível a envolveu. O seu peso sumira. Ela não pesava mais nada, sentiu-se elevada no ar, numa nuvem, bem acima da terra, num lugar que os ciúmes, os preconceitos, os tiroteios não conseguiam atingir.

— Tudo bem, estou chegando. Avenida Presidente Vargas, em frente ao edifício da CEDAE.

Desligou com um grande sorriso.

— Está na Sapucaí com a minha fantasia! Já estão se arrumando! É só ir lá e ligar pra ela!

A mãe pareceu superfeliz.

— Que horas a escola entra na avenida?

— Às 21h30. É a primeira.

A mãe olhou o relógio de parede, parecendo preocupada. Foi para o quarto dela e voltou com uma caixa de madeira. Abriu e pegou dinheiro.

— Pega o táxi, pra chegar a tempo.

— Mas, mãe, é o dinheiro para...

— Não se preocupe, não perde tempo. Vai logo!

Dandara saiu correndo. Correndo? Não, parecia voar. Não viu mototáxi na rua principal. Continuou. Foi ultrapassada por um e fez grandes gestos, gritando para chamar a atenção. A moto parou. Encorajado por Dandara, o motoqueiro desceu tão rápido quanto podia e, em vez de deixá-la no pé do morro, foi até a Delfim Moreira, no Leblon. A avenida estava bem movimentada e Dandara logo conseguiu um táxi.

— Pra Sapucaí, por favor.

O motorista era um homem no final dos quarenta ou início dos cinquenta, de bochechas gordas e cabelos brancos.

— Qual lado?

— Do lado do edifício da CEDAE. O mais rápido que o senhor puder, por favor!

O motorista sorriu.

— Vai assistir ou desfilar?

— Desfilar.

— Parabéns! Com quem?

— Unidos de Madureira.

— Ah, a laranja e roxo...

A resposta pareceu encantá-lo. Mostrou um brasão verde e branco, pendurado no espelho retrovisor.

— Eu desfilei mais de vinte vezes com a Mocidade. Na bateria. A bateria "Não existe mais quente", como é chamada. Tocava repique. Era minha família.

Suspirou.

— Ainda é, mas não consigo desfilar mais. Com três filhos, preciso trabalhar de sol a sol para ganhar a vida.

Contou do Mestre André, o lendário mestre de bateria a quem se atribuía a invenção da paradinha. Não o conhecera pessoalmente, mas as histórias sobre ele faziam parte do patrimônio da escola. "A coisa engraçada é que ele nem era um bom ritmista. Mas era um ótimo organizador e tinha um ouvido perfeito. Se alguém andava desalinhado no meio da bateria, ele notava rapidinho."

Dandara escutava, fascinada. Em trinta anos, ela também teria um monte de histórias para contar? Falaria do desfile de 2024, do de 2041, com tanta emoção? Poderia explicar como o casal de porta-bandeira e mestre-sala dos anos 2030 tinha marcado a história da escola? E os mais novos da agremiação a escutariam com inveja e respeito?

Olhou pela janela. Era a primeira vez que pegava um táxi sozinha. Parecia-lhe um pouco irreal. Um lado dela esperava que o motorista dissesse: “Menina, táxi não é pra você! Pega um ônibus!” Outro lado teria gostado de que Inácio a visse, sentada atrás do motorista.

Estavam perto da entrada do túnel Rebouças quando um engarrafamento fez o táxi parar. Na frente deles, carros estavam dando voltas.

— O túnel deve tá fechado — supôs o taxista. — Pode ser um acidente ou um arrastão.

Ficou um tempo pensando.

— Podemos esperar, mas não tem como saber o quanto vai durar. Ou passar por Botafogo e o túnel Santa Bárbara.

— Botafogo, então — respondeu Dandara sem hesitar.

— Vamos.

O motorista conseguiu virar em meio à confusão e entrar na linha de veículos indo do lado oposto. Viu Dandara inquieta no espelho retrovisor.

Fica tranquila, menina, não vai alongar muito o trajeto. Mas vamos chegar do outro lado, o do edifício Balança Mas Não Cai. Você vai ter que dar a volta pela Presidente Vargas. Tá bom?

— Tá bom, obrigada.

Dandara estava grata por este homem que parecia entender seu desejo de chegar a tempo. Ele dirigia rapidamente. Voltou a falar da Mocidade e de outras das suas figuras lendárias, como o Carnavalesco Fernando Pinto e Andrezinho, o filho de mestre André, que conhecera bem. Do seu amigo Seu Vicente, um ex-diretor cultural que aparecia às vezes na Rádio Arquibancada. E do toque da bateria.

— É de Angola, tipo *tum tchi tum, tum tchi tum*. Somos famosos pela levada de caixa.

— E aquela de Madureira? — perguntou Dandara.

— É outra coisa. É mais suave, tipo *tim tchi tum, tim tchi tum*. Consegue ouvir a diferença?

Dandara não conseguia, mas acenou que sim. Pensou em Inácio. Será que ele entendia esse negócio de bateria? A diferença entre *tum tchi tum* e *tim tchi tum*?

Já estavam em Laranjeiras quando tiveram que parar mais uma vez. A Avenida Pinheiro Machado estava interditada. O motorista saiu do carro. Falou com um policial, fazendo grandes gestos. Este indicava direções, virava a mão à direita, à esquerda.

21h

— Tem bloco — diz o motorista ao voltar. — Tá tudo fechado deste lado. O único jeito seria passar por cima, pela Barão de Petrópolis, no Rio Comprido. Mas vai alongar bastante o trajeto. O que acha?

Dandara estava um pouco perdida. Todos esses nomes eram só palavras para ela, não fazia ideia de onde ficavam esses lugares. Mas não tinha como escolher.

— Vamos por lá então — respondeu. — Dá para chegar a tempo?

— A que hora é o seu desfile?

— Nove e meia.

— Dá, se não perdermos mais tempo.

Arrancou e dirigiu em silêncio, parecendo tenso e focado. Dandara se aninhou no assento traseiro. Passaram por uma grande rua, viraram numa rua menor e depois por vielas, ladeiras mais e mais escuras e desertas, por curvas mais e mais fechadas. De um lado, em certos trechos, a densa vegetação que pendia da montanha se destacava na luz dos faróis. Do outro, de vez em quando, entre dois trechos escuros, se podia enxergar um bar ou uma loja aberta, na frente do qual alguns clientes estavam aglomerados, cerveja na mão. As casas estavam decrépitas. Dandara não se sentia segura. Não que ela não confiasse no motorista, mas sua vivência carioca a ensinara a desconfiar de lugares desconhecidos, mal iluminados e desertos. Este não era um lugar onde se pudesse dar ao luxo de furar um pneu ou ficar sem gasolina. Não havia nada a fazer, exceto esperar. Entretanto, se tudo corresse bem, em meia hora esse transtorno seria apenas uma lembrança um pouco desagradável. Algo que poderia contar em 2047 aos integrantes mais novos, que haveriam de querer saber como entrou na agremiação, não sendo da Zona Norte.

Passaram por um pequeno túnel e começaram a descer. Pouco a pouco, as ruas se alargaram, as curvas se abriram, os edifícios tornaram-se mais densos, as luminárias se multiplicaram. Dandara se sentiu um pouco aliviada. Mandou um recado a Tainá para informar da sua chegada iminente. Quando chegaram no pé do maciço, o táxi virou a noventa graus numa rua maior, com trânsito denso, e acelerou. Depois de alguns minutos apareceram as arquibancadas do Sambódromo. Dandara mal conseguia acreditar. Aqui estava, e dentro de pouco tempo ia realizar o seu sonho!

O táxi andou ao longo do Sambódromo cerca de duzentos metros e parou.

— Te deixo aqui, não tem como chegar mais perto. Está tudo interditado. O edifício da CEDAE está do outro lado.

Olharam o taxímetro. Mostrava mais de cem reais. Dandara contou o seu dinheiro. Teve um choque. Não bastava. Não podia ser! Informou ao taxista. Ele ficou um momento em silêncio enquanto ela esperava com o coração batendo, suando. E ele diz: "Vai, vai, senão vai perder o desfile." Dandara estendeu o dinheiro. Ele recusou. "Deixa, minha filha. Vai agora." Ela quis agradecer, mas ficou sem palavras. Saiu do táxi e disparou a correr.

Os arredores da Sapucaí estavam lotados. Espectadores, seguranças, ambulantes, mas também componentes que chegavam trazendo uma fantasia ou vestindo-a na rua. Barracas vendiam blusas, bandeiras e adereços das escolas de samba, caipirinha, sopa de ervilha, cerveja, espetinhos... Dandara sentiu uma vibração muito especial, algo indefinível planando ao redor dela. Parecia estar no coração do samba, onde a história se escrevia e onde se constituíam lembranças que permaneceriam por décadas. Infiltrava-se entre os transeuntes. Sem querer, esbarrou numa senhora e foi empurrada por um jovem. Parou em frente a um segurança e perguntou onde ficava o edifício da CEDAE.

— O melhor é usar estas escadas que passam por cima da área de concentração, lá, viu? Vai chegar do outro lado e o edifício fica um pouco mais adiante, à esquerda.

Dandara agradeceu e seguiu as indicações. As escadas também estavam lotadas. Fez o percurso correndo, parando, esgueirando-se das cotoveladas, correndo de novo. "Ainda bem que sou magrinha", pensou. Passou numa passarela e viu a escola já prestes a desfilar embaixo dela. "Me esperem, me esperem por favor, já estou chegando!" A bateria já estava tocando. *Tim tchi tum, tim tchi tum*, teria dito o motorista. Desceu do outro lado e correu ao longo da área da concentração, fechada por grades, dentro da qual os componentes já cantavam o samba oficial do desfile da escola, que todos tiveram que decorar. Chegou no final da área no momento dos fogos que anunciavam o início do desfile. A entrada estava guardada por seguranças. Meteu a mão na bolsa para pegar o celular. Não estava. Procurou nas outras bolsas. Em toda parte. Não estava. Sentiu o pânico invadi-la. Aproximou-se do segurança.

— Preciso entrar, vou desfilar.

O segurança olhou para ela, com o semblante fechado.

— O desfile já começou.

— Mas a minha ala fica atrás da terceira alegoria, ainda dá tempo!

— Onde está a sua fantasia?

Dandara explicou a situação. O segurança balançou a cabeça.

— Não pode entrar.

Um outro segurança se aproximou, com um ar desconfiado. Dandara explicou a situação mais uma vez, quase chorando.

— E onde está a sua fantasia?

Dandara repetiu.

— Não tem jeito. Sinto muito.

Dandara insistiu, em vão. Tentou chamar um membro da escola pela grade, mas o barulho estava tão ensurdecedor que ela nem conseguia ouvir a própria voz.

Murmurando o samba oficial, olhou, com lágrimas nos olhos, a escola se preparando para desfilar.

22h

Ficou lá até que o último carro alegórico começasse a mover-se. Então foi embora, devagar, cabisbaixa. Ao redor dela, componentes dos desfiles seguintes se reuniam, vestiam as fantasias; ambulantes ofereciam latões, pipoca. Ela nem os reparava. Estava como em estado de choque. Andava em linha reta e deixava que aqueles que vinham no sentido oposto se desviassem. A sua mente estava vazia. Só sentia o seu corpo, que lhe parecia pesar meia tonelada.

Foi até a Central e desceu na estação de metrô. Recarregou o seu cartão para o trajeto, passou a catraca e foi para a plataforma no modo automático. O metrô chegou e uma multidão saiu do vagão, que ficou quase vazio. Dandara se sentou no banco mais perto da porta. Estremeceu quando ela se fechou. Até ali, ainda tinha a possibilidade de voltar ao Sambódromo e de acompanhar o desfile à distância. De compartilhar a emoção. De sentir a vibração. Desde que o metrô arrancara, não tinha caminho de volta. Cada segundo a afastava da Sapucaí, da laranja e roxo, de Inácio.

Pela janela desfilavam as estações, com as plataformas vazias do seu lado e cheíssimas do outro. "Isso resume tudo", pensou. "Sou uma desajustada." E por que tivera esta ideia absurda de desfilar com Inácio? Era simpático com ela, mas nunca passara disso. O recado da tarde não significava nada. Refletia mais a excitação dele com a perspectiva de desfilar que os seus sentimentos por ela. Ela fora ingênua, ou mesmo uma burra. Confundira os seus desejos com a realidade. Era uma coisa que se pagava caro nesta cidade.

Ainda estava com raiva quando entrou no ônibus, não era mais de si mesma. Estava irritada com os malandros que levavam a violência à comunidade, com a polícia, que tratava os morros como zonas de guerra, sem consideração com os moradores. Irritada com Janaína, que tinha ciúmes dela por ser a mais velha e que ficaria, com certeza, muito feliz por saber que ela não desfilara...

23h

No pé do morro, pegou um mototáxi pilotado por um jovem que só conhecia de vista. Melhor assim, não queria falar com ninguém. Pediu que a levasse a um pequeno mirante, bem no alto do morro. A rua principal estava muita movimentada. Vans levavam fregueses para os bares badalados no topo da favela. Grupos de moradores meio fantasiados andavam visivelmente alegres. Televisões de lanchonetes mostravam os desfiles do Sambódromo ao vivo. Dandara nem deu uma olhadinha.

O mirante estava sujo de garrafas vazias, sacos de batata chips e guimbas. Quem tivesse festejado ali devia ter ido continuar a farra num bar, num bloco Carnavalesco ou num baile funk. Rumores do morro chegavam abafados, Dandara se sentou num banco. Vivera tantas emoções nessas últimas horas, que tudo ia ficando confuso. Não conseguia mais dizer se estava triste, abalada, aliviada de ter acabado com aquela tensão, com raiva e, se com raiva, de quem. Sentia-se estranha a si mesma. A Dandara que acordara naquela manhã, cheia de entusiasmo pelo dia que estava por viver, não existia mais. No seu lugar, estava um caos sem sentido.

Ficou imóvel, o olhar perdido na escuridão rasgada pelas luzes do Leblon e Ipanema, lá embaixo. Teria gostado de dissolver-se nela.

Segunda parte

Tainá

8h

Às oito em ponto, enquanto espalhadas por toda a região urbana, as vinte mil pessoas que desfilariam na passarela aquela noite estavam dormindo, indo para blocos ou acabando mais uma noite em claro, assim como os quase cem mil espectadores que se amassariam nas arquibancadas para vê-las, Tainá estava tateando para desligar o despertador que rasgava seus tímpanos. "Nossa, a noite foi curta demais", pensou. Esfregou os olhos, sentou-se e ficou um minutinho imóvel para recuperar os sentidos. Sentia-se acorrentada ao colchão; parecia-lhe precisar de um esforço sobrenatural para arrancar-se do calor dos lençóis. Ainda sentia o efeito das caipifrutas que tomara na noite anterior na casa do Cristiano, no Eldorado. A sua cabeça rodava, embora tivesse bebido um litro de água antes de dormir.

Mobilizou toda a sua energia e se levantou. Foi diretamente ao banho e, somente debaixo d'água, começou a sentir-se melhor. Vestiu-se rapidamente e, entrando na cozinha, foi acolhida por um cheiro de pão torrado. A tia já estava com pão, queijo coalho e uma grande xícara de café. Tainá deu-lhe um abraço antes de sentar-se.

— Tudo bem, tia?

— Não. Não consegui dormir — respondeu Dona Bruna num tom mal-humorado. — E o seu tio também não.

Tainá não reagiu. Estava habituada a essas queixas. Uma parte dela se compadecia. Sabia que a tia era geniosa, pois não tivera uma vida fácil, mas, no fundo, era boa gente. Dona Bruna a acolhera em sua casa quando ela chegou de Volta Redonda para entrar na faculdade e não aceitou dinheiro dos seus pais. Nunca a tratara diferentemente do primo. Outra parte de Tainá estava cansada das queixas. Já passaram cinco anos desde o acidente; já era hora de seguir em frente.

Comeram em silêncio. Tainá visualizou o dia que tinha pela frente. Pegar a van lá na padaria e encontrar o Gabriel, ir à Cidade do Samba, pegar as fantasias, depois os instrumentos de percussão em Laranjeiras, entregar uma fantasia a esta menina do Dois Irmãos, levar o resto à quadra, devolver a van a tempo para Julia e Carlos fazerem uma entrega em Cascadura... Muito trabalho, mas era um dia especial, né? O dia pelo qual se passava os outros 364 esperando, todo ano. Para organizar uma coisa do tamanho de um desfile de samba na Sapucaí, todos deviam pôr a mão na massa, de acordo com as suas possibilidades. E este doidinho do Gabriel, um colega da bateria, a acompanharia. Com ele e a sua boa lábia, Tainá tinha certeza de divertir-se!

Levantou-se e procurou o celular. Onde o deixara? Deu uma olhada na cozinha, voltou no quarto, no banheiro... estava lá. Esquecera-o na noite anterior. Abriu a porta da casa. "Caramba, além disso, já tá um calorão. Vai ser um dia de muito suor."

A padaria onde trabalhava, ao lado da sua faculdade, ficava a algumas quadras da casa. O bairro ainda estava calmo. Muitas pessoas ficaram até bem tarde frente à televisão, assistindo ao primeiro dia de desfiles das escolas de samba do Grupo Especial, como Tainá, Cris, Glenn Hudson, Lola e Carlos. Tainá adorara os desfiles da Viradouro (esta sereia! Que ideia!), Mangueira e Tuiuti. Lamentou voltar para casa antes de poder assistir ao desfile dos vizinhos da Portela, mas às quatro da manhã já estava com muito sono e ainda tinha que acordar cedo. Aproveitaria a tarde para tirar um cochilo e chegar em forma à Sapucaí.

O Gabriel já estava esperando-a frente à padaria. Abraçaram-se, e Tainá abriu o portão. Sentiu um cheiro bom de pão quentinho. "Coitadinhos de Alex e de Seu Diogo", pensou. "Trabalhando desde cedo num dia de Carnaval..." Entrou para cumprimentá-los rapidamente e pegar um lanche. Seu Diogo, um velhinho já quase careca, estava tirando um lote de pães de chocolate do forno. “Pega desses aqui”, diz. “Estão bem quentinhos. E tem café também.” Tainá agradeceu e pegou alguns pães com um pano, para não se queimar. Pôs tudo num saco de papel e serviu dois cafés em copos descartáveis.

— E esta encomenda dos salgados para a festa em Cascadura? — perguntou.

— Já preparamos uma parte, Marina e Flávia vão completar. É muito trabalho, não sei que tipo de festa é essa, mas deve ter muitos convidados.

Tainá se despediu e subiu na van. Gabriel se sentou ao seu lado.

— Pega aqui — diz Tainá, estendendo-lhe os cafés e os pãezinhos.

Gabriel pareceu maravilhado.

— Mas o que é isso, Tainá? Você é uma verdadeira fada! Te deixo três minutos e você volta com exatamente o que eu estava silenciosamente desejando! E parece que saíram do forno!

Tainá ligou a van, saiu do estacionamento e entrou no trânsito. Ao lado dela, Gabriel começou a comer com apetite.

— Um pão de chocolate ainda quente, direto do forno... que delícia... É você que eu teria que namorar! O Gustavo trabalhava num cartório. Ele só me oferecia canetas promocionais. E, uma vez, papel higiênico.

— Esse era promocional também? — perguntou Tainá com um tom brincalhão.

— Não, mas... seria uma ótima ideia! Com o slogan: "Você acha que a papelada é só para limpar o rabo? Deixe-a por nossa conta e use isso em seu lugar!"

Tainá estourou de rir. Teve que se virar bruscamente para se desviar de um carro.

— Para maluco, se liga! Tô dirigindo!

— É isso que chama de dirigir? — perguntou Gabriel em tom de provocação.

— Para, já disse.

— Já é! — respondeu Gabriel. — Não quero te contrariar. Quero conservar minhas chances de namorar você e comer pãezinhos quentes 0800!

— E como será que um gay vai namorar uma moça?

— Papo reto: não sou gay, então não tem problema.

Tainá se divertiu com a resposta. Gabriel sempre tivera esta capacidade de dizer as coisas mais absurdas com o ar mais sério do mundo.

— Coé? Você namorou o Gustavo, ficou vários anos com ele, mas você não é gay?

— Exatamente.

— Então, qual era a parada?

— Caramba! Se você realmente quer me colocar um rótulo, pode ser pansexual.

— Pansexual? — perguntou Tainá intrigada.

— Isso mesmo. Transo com quem me der tesão e me apaixono por quem me inspirar carinho, sem me preocupar em analisar os cromossomos deles.

— Que sejam homens ou mulheres?

— Homens, mulheres, travestis, formigas ou cebolas.

Tainá riu.

— Caramba! E já transou com uma cebola?

— Ainda não rolou, mas nunca perdi a esperança.

— Então eu nunca poderia te namorar. Vacilou.

— Por quê?

— Porque sempre teria uma dúvida quando te visse descascar cebolas. Não saberia se você estaria cozinhando ou me traindo.

9h

A conversa continuou nesse tom até Santo Cristo. Tainá se sentia leve. Quando chegaram à Cidade do Samba, algumas alegorias estavam saindo para o Sambódromo. Uma delas representava um palco de circo com uma cortina de veludo púrpura pendurada em rampas metálicas. Atrás dele, avançavam as figuras de dois enormes elefantes brancos montados em pequenas bicicletas.

—Caraaca! Olha só! — disse Tainá, muito impressionada. — O Salgueiro se deu muito trabalho...

— Vamos arrasar também, tá ligada? O nosso enredo é o melhor do ano.

— Adorei essa parada de inversões também! De onde saiu?

— Não sei te dizer. Mas o que é certo é que, se as grandes escolas têm a grana, a gente tem as ideias. Por que acha que conseguimos nos manter no Grupo Especial sem filhos de bicheiro para bancar os desfiles? Mesmo se somos tão zoados que nem conseguimos entregar as fantasias antes do dia do desfile?

— Hummmm... o melhor seria ter ideias e grana...

Tainá estacionou a van em frente ao barracão da Madureira, que já estava bem movimentado. Entrou e perguntou pelo Paulo.

— Qual? Paulo, o magrinho, ou Paulo Vasconcelos? — respondeu um funcionário.

— Acho que é o magrinho.

— Pra lá. No ateliê, quarto andar.

Tainá deu uns passos à frente. O barracão fervilhava de atividades. Técnicos testavam a iluminação de um carro alegórico representando condomínios no alto de um morro. Em toda parte, pessoas traziam enormes sacos pretos, esplendores... Tainá achava algo mágico nesta bagunça toda que parecia sem lógica, sem fio condutor. E subitamente, uma vez na Passarela, tudo ficava harmonioso, organizado. A ordem nascendo do caos. A grande transmutação.

No ateliê, as costureiras ainda estavam ocupadas, mexendo nas saias das baianas. Pareciam um pouco estressadas. Os gestos delas eram rápidos, mas precisos. Todos no cômodo se moviam quase correndo. A preparação atrasara muito este ano, "como todo ano", pensou Tainá. Faltou dinheiro para pagar materiais e mão de obra. E a Carnavalesca mudou as fantasias sem dar explicações. Mas, como todo ano, apesar de beirar a catástrofe, tudo ia dar certo.

Tainá avistou o Paulo, que estava conversando com uma senhora.

— E aí, Paulo? Vim para pegar as fantasias da 16...

Paulo olhou para Tainá com o rosto interrogativo. Precisou de alguns segundos para lembrar dela.

— Ah sim, Tânia, desculpe.

Virou-se para um moço.

— Renato, por favor, entregue o resto das fantasias da 16 pra Tânia.

Tainá seguiu Renato numa esquina do ateliê onde este indicou um monte de enormes bolsas pretas.

— São estes.

Tainá pegou uma lista e conferiu o tamanho de cada fantasia e de cada par de sandálias.

— E como se vestem?

Renato abriu uma sacola e mostrou a maneira de passar cada peça da fantasia. Tainá se concentrou bem para não esquecer. Pegou duas sacolas e voltou para fora. Gabriel estava esperando. Carregaram as fantasias na parte traseira da van e voltaram para buscar as que faltavam. Depois da segunda viagem, Gabriel fez uma pausa para fumar um cigarro e conversar com um conhecido, enquanto Tainá completava a tarefa.

O cigarro de Gabriel terminado, foram embora. O trânsito já estava mais pesado.

— E como faz se os seus instrumentos estão em Laranjeiras, e não na quadra, para ser afinados? —perguntou Tainá — Não me explicou nada quando me ligou.

— Ah, amiga, foi sinistro... Fizemos essa parada lá, ontem, no Palácio Guanabara, para homenagear os sambistas das antigas. E, na saída, tivemos um acidente com o caminhão baú. Foi a maior confusão, te poupo os detalhes. Então, deixamos os instrumentos no Maracatu, já que o Miguel trabalha lá. E, graças a você, podemos levá-los esta manhã. Vai ficar nas memórias como a protetora da nossa bateria.

— Porra, será que nesta escola somos condenados a fazer tudo na última hora?

Gabriel não respondeu. Ligou na rádio e teve um sobressalto ao ouvir a voz enfurecida do pastor Silas Malafaia. Trocou para uma estação de samba e falou de um amigo colombiano, um evangélico convicto, que nunca bebia álcool.

— Caraca! Você tem amigos evangélicos? — perguntou Tainá, achando graça.

— E por que não, pô? Desde que me deixem viver como quero!

— E ele tá ligado que esse "viver" é um deboche pansexual capaz de sentir tesão por uma formiga?

Gabriel fingiu não ter ouvido e continuou a história.

— Quando chegou no Brasil, ele morou primeiro em Vila Isabel, com um irmão de fé que tinha encontrado num site de bate-papo pentecostal. Um dia de manhã, o Colombiano se sentou num bar na 28 de Setembro. Quis pedir um cafezinho. Só que lá na Colômbia chamam isso de "tinto". Foi assim que pediu. Era oito da manhã, o garçom ficou um pouco surpreso, mas levou uma taça de vinho tinto. Neste momento passou o colega da igreja do Colombiano. Viu o garçom servir a taça. E o pior é que foi nesse bar que esqueci o nome, mas que é um reduto de torcedores da Vila! Meu amigo ficou tão bolado que mudou de bairro.

— Para — diz Tainá, rindo —, isso é caô, tu tirou de um livro de Luís Fernando Veríssimo!

— Sem caô, juro. Nem sei quem é esse tal de Veríssimo.

Tainá sorriu. Pouco importava se a história era verdadeira ou não, era divertida, e a tagarelice de Gabriel fazia a viagem agradável. O doidinho não parava. Sempre tinha mais uma história para contar e ela nunca o pegara contando a mesma duas vezes.

10h

Chegaram sem problemas em Laranjeiras e estacionaram a van perto da praça São Salvador, em frente ao Centro Cultural Maracatu, que ainda estava fechado. Gabriel ligou para um moço, que abriu a porta. Tainá já viera algumas vezes com uma amiga da bateria da escola, que dava aulas por lá. Do lado direito, uma escada subia para uma lojinha que vendia todo tipo de instrumentos de percussão. A amiga gostava de passar tempo nela, olhando os artigos, conversando com a vendedora. Do lado esquerdo se encontrava um barzinho com mesas em forma de tambores. O moço os levou atrás do bar, às salas onde se davam as aulas. Numa delas ficavam alguns instrumentos de percussão marcados com o brasão da laranja e roxo.

Carregaram os instrumentos ao lado das fantasias. Quando acabaram, Tainá olhou o seu celular e pegou uma bolsa de plástico.

— Vou entregar essa parada à moça do Dois Irmãos — disse. Marcamos no Largo do Machado. Vem comigo?

—Preciso trocar uma ideia com o André. Te espero aqui.

Tainá sentiu uma pequena pontada no peito. Tinha certeza de que ele a acompanharia. A vida parecia tão leve com aquele doidinho!

O Largo do Machado ficava a algumas quadras. Tainá andou tão rápido que suou. Parou numa lanchonete na esquina do Largo para se refrescar com uma limonada suíça. O garçom, um moço gordinho de meia idade e de rosto simpático, notou a fantasia. Contou que um casal de fregueses, uma mineira e um suíço, desfilaram no grupo de acesso e iam desfilar hoje também. Ela era Viradouro. E ele? Não lembrava.

— Eu sou mangueirense e flamenguista — acrescentou, mostrando uma bandeirinha rubro-negra pendurada atrás do balcão —, mas gostei muito do enredo da Madureira este ano. Bem diferente, né?

— Bem maneiro, verdade — respondeu Tainá. — Sabia que a Mangueira é a escola madrinha de Madureira?

O garçom acenou com a cabeça. Desejou-lhe boa sorte para o desfile.

Tainá atravessou a rua e se sentou na beira do chafariz. As grandes árvores ofereciam uma sombra bem-vinda. Absorveu-se no espetáculo que ocorria ao seu redor. Idosos vestidos de jeito simples, mas cuidadoso, jogavam xadrez e damas, balançando a cabeça. Quiosques exibiam buquês de flores e vasos de plantas no chão de pedra portuguesa. Turistas faziam a fila para subir nas vans que os levariam ao trem do Corcovado. No fundo, a igreja Nossa Senhora da Glória parecia vigiar a praça.

Tainá se sentia bem. Feliz de morar na Cidade Maravilhosa, que a fazia sonhar desde criança, quando visitava a família e o Tio Carlos a fazia conhecer as inumeráveis praias da cidade. Feliz de, apesar de seu relacionamento com os tios ser difícil, ter encontrado uma segunda família na Unidos de Madureira. Feliz por ter o privilégio de ajudar e participar no maior espetáculo da terra. E esta mocinha do Dois Irmãos era uma gracinha! Um pouco desajeitada às vezes, mas parecia tão feliz quando cantava o samba oficial! O entusiasmo dela era contagiante. Era visível que estava atraída por Inácio e que este sentimento era compartilhado, mas os dois eram tão tímidos que a aproximação era muito lenta. Gostava de observá-los, espreitando-os sorrateiramente durante os ensaios, virando a cabeça para o outro lado quando percebiam que estavam sendo notados.

Pouco a pouco, o Largo foi se enchendo de foliões. Tainá olhou o celular. 10h35. Marcaram para 10h15. Ligou para Dandara e, como esta não respondeu, mandou um recado: "Já cheguei. Kd você?". Dois minutos se passaram. Três. Cinco. A menina não se manifestava. O que estaria fazendo? E por que desligara o seu celular precisamente agora, quando era preciso manter contato? Será que teria esquecido ele em casa? Acontece. Mas até se fosse o caso, não explicaria o atraso. Apesar de que, no Rio, se atrasar não era nada excepcional.

O celular de Tainá tocou. Era Gabriel.

— Tainá, pega a visão: o André me disse que vai ter um bloco às 12h na rua das Laranjeiras, e outro na praça São Salvador, tá ligada? Não podemos demorar muito, senão vamos ficar bloqueados.

— Espera mais um pouco, a garota ainda não chegou.

Tainá tentou ligar para Dandara outra vez, sem sucesso. Mais e mais foliões estavam chegando. Alguns já estavam indo para a rua das Laranjeiras, em pequenos grupos. Tainá começava a se incomodar. Gabriel tinha razão. Não podia esperar muito. Não queria arriscar ficar bloqueada entre dois blocos. E a julgar pelos foliões que já estavam no largo, não devia tratar-se de bloquinhos.

— Qual é o bloco que vai desfilar? — perguntou a um grupo de jovens fantasiados.

— O Bloco da Mineira.

Conhecia o nome. Devia ser algo de peso. Não do tamanho dos megablocos que desfilavam na praia de Ipanema ou no Centro, mas algo que atrairia muita gente. Dava para entupir boa parte do bairro. Começou a se inquietar. Menina, depressa! Lição para a próxima vez: sempre conferir a lista dos blocos antes de marcar um encontro num lugar tão distante. Ou ainda melhor: marcar tudo em Madureira. É o que teria feito, não fosse essa parada dos instrumentos no Maracatu.

Ligou para Dandara mais uma vez. O celular da menina ainda parecia desligado. O humor de Tainá mudava tão rapidamente quanto um céu preparando a trovoada. "A cobra tá fumando", pensou. "Ninguém desliga o celular antes de um encontro importante. O que vou fazer com a fantasia dela se não aparecer?" Virou a cabeça e viu Gabriel chegando, meio correndo.

— A rua das Laranjeiras já está bem cheia. Precisamos meter o pé logo.

— Caraca, o que vou fazer com a fantasia da menina?

— Deixa na quadra. Você já fez a sua parte, pô. Se ela realmente quer desfilar, pode fazer o trajeto para Madureira.

— Falou — respondeu Tainá.

Não gostava da situação. Se sentia um pouco culpada de não poder esperar mais. Tentou uma última ligação. Enquanto estava escutando pela terceira vez o recado da TIM, o celular parou. Descarregado. Como sempre. Este celular que ganhara de uma prima que morava no Panamá era terrível. A bateria acabava muito rápido.

Seguindo Gabriel, virava a cabeça ora e outra na esperança de ver a menina chegar.

11h

Conseguiram sair do bairro fazendo desvios por pequenas ruas. Um pouco aliviada, Tainá entregou o seu celular para Gabriel.

— Olha no porta-luvas se tem um cabo para carregar.

Gabriel achou um carregador bem desgastado. Conectou-o no carro e no celular, olhou, não funcionou. Tentou ligar, olhou de novo, e nada.

— Essa parada aqui não funciona, não disse finalmente.

— Então deixa pra lá — respondeu Tainá.

Gabriel guardou o cabo e o celular no porta-luvas.

—Você ficou bem bolada com essa história, né? — observou ele.

— Claro, pô! Não consegui nem mandar um recado pra menina. Fala sério!

— Fica de boa! Não é culpa sua se a menina não apareceu no Largo. E quando chegarmos à quadra, vai poder recarregar o seu celular e entrar em contato com ela.

— Tá bom, valeu — respondeu Tainá, pouco convencida.

— Poxa, estou vendo que você continua chateada.

Tainá não respondeu. Gabriel mexeu no rádio do carro e achou uma estação que tocava samba.

— Me faz pensar na primeira garota com quem transei — acrescentou. — Simpática, super generosa e linda, uma pretinha de olhos puxados. Se podia ver todo o Brasil no rosto dela.

— Foi antes ou depois da Primeira Guerra Mundial?

Gabriel sorriu.

— Antes. A gente se encontrou celebrando a queda do Império.

Um grande sorriso dividiu o rosto da Tainá. Era mais forte que ela. Esse cara a fazia rir. Era a primeira vez que passavam tanto tempo juntos e estava gostando da experiência. Realmente.

— Caramba! Então perdeu a sua virgindade graças a um golpe militar?

— Não exatamente. Já tinha transado com alguns malucos, mas, com uma mulher, ainda não.

— Ah é? E o que te fez decidir por dar este passo?

— Como te expliquei, se gosto de uma pessoa, pouco importa que seja homem, mulher ou travesti. E gostava dessa menina, sabe? Me fascinava, não sei explicar.

Fez uma pausa, sorrindo. A lembrança parecia agradável.

— Nos beijamos e nos acariciamos um pouco, no Parque Madureira, que tinha acabado de abrir. E como tudo rolava de boa entre a gente, decidimos ir a um motel. Escolhemos um lugar barato, nada extraordinário, mas limpo, bem maneiro. Não tínhamos grana para mais. Éramos super tímidos, imagina! Era a primeira vez dela também! Ficou de costas, tirou a roupa e insistiu em tomar banho sozinha. Ela estava mó tensa quando comecei a beijar ela. Mas, pouco a pouco, relaxou. Senti um tesão que aumentava pra caralho e entendi que já tinha chegado a hora. Também tava ansioso e querendo, desculpe a palavra, meter nela. Mas, cara, garoto como eu era, não sabia como fazer! Papo reto, não sabia!

Tainá riu enquanto imaginava a cena.

— Senti uma umidade bem quentinha e agradável. Comecei a me mexer. Parecia que tudo estava rolando legal, quando ouvi a voz dela. "Gabriel... acho que você não está dentro..." Olhei: o meu pau estava nos lábios dela. Fiquei bolado pra caralho com essa parada, mas decidi mostrar a ela do que eu era capaz. Procurei o buraco, meti com muita força e recomecei a mexer. Depois de meio minuto, ouço de novo! "Gabriel... acho que você não está no lugar certo..." Deixamos pra lá, dessa vez.

Tainá ria com vontade, surpreendida de não ficar chocada por uma história que, de outra forma, poderia ter achado grosseira. Como sempre, não sabia se o que Gabriel contava era a verdade (e tinha dó de não acreditar nesta), mas pouco importava. Era engraçada. E ouvindo a história, começara a sentir arrepios. Não tinha transado havia já um tempão. A última vez foi com... com esse cara da ala dos compositores, alguns meses atrás... muito tempo.

— E você, a sua primeira vez? Papo reto.

Tainá hesitou. Não costumava falar dessas coisas. Mas se sentia à vontade, com confiança. Não é todo dia que alguém parece pronto a te escutar com o maior interesse, nem a menor pegada de julgamento.

—Papo reto... a minha primeira vez... foi com uma amiga da escola, lá em Volta Redonda.

— Legaaaaaaaaaal! — exclamou Gabriel. — Sempre sonhei de ouvir uma parada dessas. Vai, conta!

Ela falou dessa colega, que ajudava, às vezes, com português e matemática, um dia em uma, um dia na outra. Contou como as revisões deram lugar a confidências, confidências a beijos, e beijos à primeira experiência.

— O sexo me fascinava, mas ao mesmo tempo me assustava um pouco. Associava o ato a sangue e dor. O fato de descobrir essa experiência com uma garota me ajudou muito. Não tinha aquele aspecto tipo rude da penetração, tá ligado? Foi tudo muito maneiro, mesmo que um pouco desajeitado. Foi apenas o gosto dela que me surpreendeu; era diferente do meu. Mas eu não tinha errado de buraco!

Gabriel desatou a rir.

— Ai, amiga do meu coração, te adoro! Valeu pela história, foi sinistra!

Não viram passar o tempo e já chegaram em Quintino Bocaiuva. Tainá fizera algumas entregas no bairro, mas o conhecia pouco, embora ficasse perto de Madureira. O primo dela gostava de repetir que o Zico, o Galinho de Quintino, crescera no bairro e que a glória dele se refletia em todo o distrito. A tia dizia que era um lugar perigoso, como se tivesse bairro que não o fosse na Cidade Maravilhosa.

Muitas casas eram degradadas e o comércio parecia se limitar a pequenas lojas de artigos de primeira necessidade. Alguns barzinhos estavam lotados de fregueses de chinelos, shorts e camisetas. A van passou por um grupo de foliões mascarados e vestidos de fantasias extravagantemente coloridas, com saias, meias, luvas, botas e casacos. Os tecidos misturavam cor de rosa, amarelo, azul, verde e roxo. Parecia um pouco roupa de palhaço. Carregavam bandeiras tailandesas e um pau que terminava com uma bexiga. Corriam e a batiam no chão, fazendo um barulho um pouco assustador.

— Um bate-bola numa hora dessa? — perguntou Tainá. — Bizarro, né?

— Nada me parece bizarro num dia de Carnaval! Devem ter passado a noite fazendo a festa e não querem parar.

Gabriel deixou o seu olhar perambular pela janela. Da rádio saía a voz de Martinho da Vila:

Já tive mulheres de todas as cores
De várias idades, de muitos amores
Já tive mulheres do tipo atrevida

Do tipo acanhada, do tipo vivida
Casada carente, solteira feliz
Já tive donzela e até meretriz
Mas nenhuma delas me fez tão feliz como você me faz

A melodia suave embalava Tainá, proporcionando-lhe um estado de doce devaneio. Pensava na sua primeira experiência e na sua amiga de escola, com a qual perdera totalmente o contato. O que teria sido dela? Queria se tornar uma marceneira. Será que realizou o seu sonho? Ainda vivia em Volta Redonda? Seria uma boa ideia reconectar-se com ela? Ou seria melhor deixar o passado no seu lugar?

Foi arrancada dos seus pensamentos pela voz de Gabriel.

— Incrível! É aqui!

— O que é aqui?

— O motel da minha primeira experiência, aquela que te contei! É este!

Apontava um pequeno edifício ao lado da rua. Parecia maravilhado. Se voltou para Tainá, mãos juntas.

— Tainá do meu coração, luz da minha vida, dona da minha alma, quero te pedir um grande favor.

— Um grande favor? Tá maluco?

— Um imenso favor.

Tainá já podia imaginar o teor do pedido.

— Manda, vai.

— Rola de a gente dar uma paradinha, tipo, só para ver o lugar? Nunca mais voltei!

— Caraca, *brother*! Temos que entregar as fantasias e os instrumentos!

— Não vamos ficar muito, por favor, por favor, pelo amor de Deus e de Iemanjá...

Tainá suspirou. Um pequeno diabo lhe sussurrava na orelha: "Uma paradinha não os atrasaria tanto. Já evitaram o pior, ou seja, ficar encurralados entre dois blocos Carnavalescos. Então, por que não relaxar um pouco?"

Deu meia-volta. Um pequeno anjo protestou: "O que está fazendo? Tem um compromisso! E realmente acha que Gabriel não tem algo na cabeça, além da saudade?" Mas o pequeno diabo respondia: "Para com isso! Tainá é adulta. E já viajou pela metade da cidade para transportar as fantasias e os instrumentos de outras pessoas. Tem direito a uma pequena pausa."

Deixaram a van numa vaga em frente do edifício. Atrás do balcão, o recepcionista, boquiaberto, assistia na televisão a um show do Capital Inicial no Rock in Rio. Nem virou a cabeça para os visitantes.

— Ainda lembro do quarto — diz Gabriel com um grande sorriso. Era o número quatro.

— Querem o quatro? — perguntou o recepcionista, procurando a chave às cegas, sem tirar os olhos da tela.

— Sim, vamos dar uma olhadinha...

— Gabriel — respondeu Tainá —, já está tarde e não vai perder tempo para dar uma olhadinha na porra de um quarto que é como todos os quartos de motéis baratos do país!

— Vou, vou. Devo essa parada ao jovem que já fui — respondeu em tom resoluto.

Tainá estava dividida. O pequeno anjo dizia: "Isso é um pouco óbvio, né? Você sabe exatamente onde ele quer chegar! Você não é dessas moças que se deixam pegar tão facilmente!" Mas o pequeno diabo respondia: "E daí? Será que vocês vão matar alguém? Não tem nada de errado em aproveitar a vida!"

Ela seguiu o doidinho no corredor, "só para dar uma olhadinha, por curiosidade". Gabriel abriu a porta e deixou Tainá passar. Era como ele o descrevera. Simples, mas limpo. A cama ocupava quase todo o espaço. Grandes espelhos pendiam sobre as paredes. O banheiro ficava ao lado, sem porta. Gabriel se sentou na cama e fez sinal para que Tainá se sentasse ao seu lado. Na orelha dela, o pequeno anjo ainda suspirava e procurava argumentos para dissuadi-la de fazer o que estava por fazer, mas já ficava claro que não tinha mais condição para impedi-lo. O que tinha que acontecer aconteceria. Naquela altura, Tainá só estava curiosa de ver como Gabriel procederia.

—Caraaaaaaca! Não acredito que estou neste quarto com você... — disse ele.

— Eu também não.

— Naquele dia, ela estava sentada no mesmo lugar que você.

Gabriel olhou Tainá um momento em silêncio, antes de acrescentar:

— Mas você é ainda muito mais linda. E interessante.

"Estamos aproximando do momento decisivo a grandes passos", pensou Tainá.

— Obrigada.

— Ainda lembro que peguei a mão dela, assim.

Pegou a mão de Tainá, que o deixou fazer, pensando: "*Putz*, é tão fácil assim?"

— O que está fazendo? — disse, nem conseguindo parecer indignada.

— Estou te mostrando o que rolou. Depois me aproximei dela...

Juntou a ação à palavra.

— E daí?

— E daí? Seria realmente bobo ficar num quarto de motel sem se dar um beijinho, né?

Tainá virou a cabeça para o outro lado. Para fingir vergonha, mas também para esconder o sorriso que não conseguia conter. Gabriel colocou o braço em volta dos ombros dela e começou a dar-lhe pequenos beijos no pescoço, nos ombros. Ela sentia o calor agradável dos lábios dele na sua pele. A sua mão se repousou na coxa de Gabriel, sem ela perceber. Então, se virou e o beijou avidamente. Sentiu as mãos dele deslizar nos seus quadris, costas, peito. O seu toque era doce. Parecia encontrar os lugares sensíveis sem esforço, com a pressão certa. "Puxa", pensou ela, "já tinha esquecido como era bom."

Gabriel tirou a blusa de Tainá e mergulhou entre seus seios. Ela sentiu dedos procurando o fecho do sutiã e abrindo-o sem esforço, ao contrário dos meninos que conhecera até então. Ele tirou a calça, a calcinha do mesmo jeito e, quando estavam nus, perguntou:

— Vamos tomar um banho juntos?

12h

Se levantou e a pegou pela mão. Tainá ficou emocionada pelo gesto tão simples, mas tão carinhoso. No banho, deu uma olhadinha no sexo dele, já meio duro. Sentiu a mão dele passando sabão pelo seu corpo. Quando estava cheio de espuma, Gabriel se aproximou e deslizou-se contra ela. Tainá se arrepiou. Por sua vez, apalpou o corpo dele. Não era tão musculoso; o doidinho preferia passar o tempo nas rodas de samba a usá-lo na academia. Mas a pele dele era macia.

Voltaram para a cama. Tainá sentiu mais uma vez as mãos e os lábios de Gabriel ir e vir no seu corpo. Retribuiu. Gostou do sabor um pouco apimentado de sua pele. Gostou de descobrir esse corpo macio. De ver uma pele escura sobre a outra mais clara. O Gabriel, que sempre considerara como uma mente brilhante e engraçada, estava se tornando carne e osso. Viu-o se interrompendo para pegar uma camisinha. Parecia a coisa mais normal do mundo e, ao mesmo tempo, a achava totalmente irreal. O Gabriel que conhecia há anos, o animador da quadra, alma de todas as festas, que sempre considerou como um colega engraçado e gay, estava prestes a transar com ela...

Deu um grito quando ocorreu. Estremeceu desde as camadas mais profundas do seu corpo. Ajudou-se massageando o clitóris. O pequeno anjo desaparecera. Só ficou o pequeno diabo, que sorria. "Viu? Não valia a pena? Tem coisa melhor no mundo, por acaso?"

Gabriel gozou primeiro e a ajudou com a própria mão. O orgasmo chegou como uma explosão. Como os fogos de *Réveillon* em Copacabana. Como uma pororoca. Ela ficou dois minutos sem se mexer, deixando a onda de prazer ir e vir em seu corpo, diminuindo aos poucos. "Caralho, realmente precisava disso", pensou. E de repente, desatou a rir.

— O que tem? — perguntou Gabriel intrigado.

— Estou pensando na minha tia. A cara dela se me visse. Pensa que estou fazendo entregas para a padaria.

Gabriel pareceu surpreendido.

— Por que caralho disse isso a ela?

— Porque é evangélica. Não gosta de Carnaval.

— E ela sabe que você passa o seu tempo na quadra? E que desfila todo ano?

— Sabe e não sabe ao mesmo tempo

Levantou-se para juntar suas roupas.

— Quando cheguei de Volta Redonda, alguns anos atrás, conversamos algumas vezes a respeito. Tentei defender o meu ponto de vista, expliquei que a maneira de sua igreja falar de Deus não era a única, etc. Não deu. Tivemos brigas intensas quando descobriu que eu frequentava a quadra. Para ela, o Carnaval é coisa de pagão. Ou do Diabo. É o que dizem na igreja dela.

— Então sabe que continua na escola?

— Acho que, no fundo, sabe, mas não quer admitir. Não falo mais de Carnaval com ela. E não me faz perguntas sobre onde passo todas essas noites. Deve me considerar uma alma já perdida.

— Concordo com ela — respondeu Gabriel.

Riram e acabaram de se vestir em silêncio. Tainá pensava na sua infância, nos presentes que ganhava da sua tia no Natal e em seu aniversário.

— Não é chato viver com alguém assim? — perguntou finalmente Gabriel.

— Não é. Cada uma definiu o próprio espaço e convivemos bem, tá ligado?

— Mas, caramba, ela detesta o que você adora!

Falara com emoção, como se ele mesmo fosse reprovado pela tia.

— Isso é problema dela, pô!

Gabriel não parecia convencido. Por que caralho estava reagindo como se fosse assunto seu?

— Pode me explicar por que esses evangélicos sempre tentam impor sua frieza aos outros?

— Não me impõe nada. E não a culpo pela sua frieza, como você diz — respondeu Tainá, entrando no banheiro. — Era uma pessoa muito alegre, até perder a filha num acidente cinco anos atrás. Depois disso, se fechou.

— Talvez tenha as suas razões, mas esses extremistas de merda estão fodendo o Brasil.

Parecia ter falado mais para ele mesmo que para Tainá, revelando uma raiva que permanecia no seu interior, um lado dele que ela ainda não conhecia. Não coincidia com o doidinho que, uma hora antes, contara uma história tão engraçada sobre um suposto amigo evangélico.

— Eles pensam a mesma coisa da gente...

— Você é tão boa que até perdoaria seu próprio assassino.

— Para! — respondeu Tainá. — Minha tia não é uma assassina. É uma coitadinha que sofreu bastante.

— E se o assassino tivesse sofrido bastante também?

Tainá se esforçou para responder sem deixar transparecer seu desagrado com a ironia.

— Se tantos jovens caem no crime, é também porque este país não oferece nenhuma perspectiva de um futuro decente para eles, enquanto o melhor vai para outros, que não têm outro mérito do que ter nascido no bairro certo, na família certa, com a pele da cor certa.

— Acho isso um pouco falso. Tem ainda muito mais pessoas que não nasceram no bairro certo, na família certa, com a pele da cor certa, que ralam pra caramba, mas não caem no crime. Mas é para os outros que você procura desculpas.

— Caraca, mano! Não estou procurando desculpas para ninguém. Só te digo que tem relação direta entre o nível de injustiça sofrida e o envolvimento com o crime. Nada mais e nada menos. Se não encararmos essa parada, nunca resolveremos os nossos problemas.

Saíram do quarto. O recepcionista ainda estava absorvido no show do Capital Inicial. O sol batia muito forte, e Tainá, ainda chateada pelo tom de Gabriel, ficou um pouco cega quando abriu a porta. Virou a cabeça e... a vaga onde deixaram a van estava vazia. Mais três carros estacionaram em frente ao motel, mas o deles não estava. Virou os seus olhos para Gabriel. O doidinho estava boquiaberto.

— Que porra é essa? — disse. — Onde está a van?

Deram a volta ao edifício. Voltaram para a frente. Olharam em frente dos edifícios vizinhos. Nada. Voltaram para dentro e explicaram ao recepcionista o que ocorrera, quase gritando. Ele suspirou.

— Nossa, este bairro está se tornando cada vez pior. Só ontem, teve três assaltos na rua. Fico com medo todo dia quando vou para o ponto de ônibus.

— E não tem segurança na porra deste motel, mermão?

— A segurança interna sou eu. Mas fora, não tem, não.

— Mas é sua a responsabilidade, caramba! — exclamou Gabriel.

— Não é — respondeu calmamente, indicando um cartaz na entrada: "O motel não se responsabiliza pelos veículos estacionados do lado de fora."

— São vagas públicas, mermão — acrescentou. — Não um estacionamento particular.

— Então será que pode ter sido rebocado? — perguntou Gabriel.

— Seria muito estranho. O estacionamento é liberado.

— Mas o que temos que fazer agora? — perguntou Tainá.

— Fazer uma ocorrência na delegacia. Pelo menos vai servir para o seguro.

Tainá e Gabriel ficaram calados. Estavam arrasados. Tainá nem quis começar a imaginar o que o ocorrido significava. Para a escola. Para a padaria. Para o emprego dela. "Como estava feliz um minutinho atrás", pensou. Era louco de ver como a vida podia mudar em tão pouco tempo. Só de abrir uma porta e dar uma olhadinha nas vagas na rua e tudo podia desmoronar.

Foi o recepcionista que quebrou o silêncio.

— Vocês têm que ir à delegacia de Madureira, perto da quadra da Portela. Sabem onde fica?

Tainá assentiu. Gabriel pegou o celular e chamou um carro de aplicativo. Esperaram sem falar, enquanto na tela Dinho

Ouro Preto e Capital Inicial continuavam atraindo o entusiasmo da multidão do Rock in Rio.

Esperando o carro, Tainá colocou a mão no bolso. As chaves da van não estavam. Pediu aquela do quarto ao recepcionista e procurou em cada canto. Nada. Teria sido estúpida ao ponto de esquecê-las no painel de controle? Envergonhou--se tanto que não mencionou o fato a Gabriel.

Durante o trajeto, o pequeno anjo se transformou num procurador, culpando-a pelo que ocorrera. "Não te disse que não devia parar? Não te disse? Viu agora?" O pequeno diabo parecia ter desaparecido. Tainá escutava o pequeno procurador e não lembrava por que aceitara parar num motel. Foi ela quem fez essa besteira? Mal podia acreditar. Mas era, sim, prova é que estava agora num carro de aplicativo, indo para a delegacia.

Chegaram frente a um edifício bege no qual estava pendurada uma grande placa branca com a inscrição "29ª DP Madureira". Dentro, meia dúzia de pessoas estavam esperando nos bancos. No balcão, uma policial escutava um moço. Alguém batera no carro dele quando estava estacionado e precisava fazer uma ocorrência, para o seguro.

— Por favor, me empresta o seu celular? — pediu Tainá. — O meu ficou no porta-luvas e devo comunicar à padaria o que aconteceu.

— Senha 4286 — diz Gabriel, estendendo o aparelho.

13h

Tainá saiu para ligar para a padaria. Pediu para chamar o dono, Seu João, e explicou o ocorrido a ele. Acrescentou que estava absolutamente arrependida e escutou a resposta dele, cabisbaixa.

...

— Eu sei, estou perfeitamente consciente disso, Seu João.

...

— Não tem problema. Vou pagar por isso também. Vou trabalhar de graça o tempo que precisar, mas vou pagar.

Desligou. Ainda bem que Seu João não falou em demiti-la. Era inesperado. Ele era boa gente, mas até a paciência de boa gente tinha limites. Ter usado a van da empresa para uma diligência pessoal e deixar um malandro roubá-la podia facilmente ultrapassá-los.

— Também precisamos notificar a escola — disse Tainá, voltando à sala de espera. Tem o contato?

— Tem que ligar para Seu Davi — respondeu Gabriel. — Tá no meu zap.

Esta conversa, em contraste, foi tensa. Seu Davi não gritou, mas Tainá percebeu uma raiva contida, embora bem real, na voz dele. Arrepiou-se.

— Então? — perguntou Gabriel quando voltou.

— Então estamos na merda. O Seu Davi quer nos ver assim que sairmos da delegacia. Queria nos ver agora mesmo. Tive que insistir para que nos deixasse fazer a ocorrência primeiro. Já está no Sambódromo, mas vai informar o pessoal que já está nos esperando na quadra que as fantasias e os instrumentos foram roubados.

Tainá suspirou.

— Caralho, como pude ser tão estúpida? — perguntou para si mesma.

— Não foi estúpida, pô, não tivemos sorte. Acontece.

— Fui estúpida, sim. É preciso ser estúpida para deixar uma van, sem vigilância, num bairro deste.

Gabriel suspirou.

— Milhares de pessoas deixam vans meia hora em lugares semelhantes sem que sejam roubadas. Foi azar.

— Gente inteligente se protege do azar.

— Porra! Para de se culpar! — respondeu Gabriel em um tom levemente irritado. — A culpa é do merda do malandro que roubou a van. Não sua, nem minha. Não misture tudo.

Tainá não respondeu. Ficaram um minuto sem falar. Gabriel acrescentou:

— A menos que você queira perdoar o malandro, porque ele também sofreu bastante?

Esse comentário foi como um punhal no peito de Tainá. Era o mesmo cara que a divertira desde a manhã e com quem acabara de transar? Levantou-se bruscamente e saiu. Ficou em frente ao edifício sem saber o que fazer. Gabriel foi lhe falar depois de um minutinho.

—Foi mal, não queria te magoar.

— Ah, é? Você usou contra mim coisas que disse num outro contexto, e não foi para me magoar? Então foi pra quê?

Gabriel abaixou a cabeça, como uma criança apanhada em falta.

— Você não quer aceitar a sua responsabilidade — acrescentou Tainá —, então culpa os outros e descarrega a sua raiva sobre mim.

—Vacilei. Foi mal — disse, parecendo acanhado.

— Tá de boa, mas lembra do que te disse e pensa nisso — respondeu Tainá com um tom firme.

— Já é, vou pensar. Mas vamos voltar pra dentro, tá começando a chover.

O moço ainda estava no balcão, mas a policial desaparecera. Voltou depois de alguns minutos com documentos que o moço assinou, antes de se despedir. Um casal se aproximou. Eram turistas de Juiz de Fora que alugaram um apartamento num *website*. Pagaram com antecedência, mas quando quiseram marcar com o anfitrião, este não respondeu. Ligaram várias vezes, deixaram recados, nada. Viajaram para o Rio e foram no endereço. Era um galpão. Não tinha residências dentro, confirmara um segurança.

— Foi um golpe — concluiu a senhora, colocando documentos no balcão.

A policial parecia surpresa.

— Nunca ouvi uma história dessa. Este site é sério, como é possível?

— Não sei, só lhe contamos o que ocorreu.

— Mas por que viajaram de Juiz de Fora sem ter a confirmação?

— Qual era a outra opção? Ficar lá e perder nossos ingressos para o Sambódromo?

Ao ouvir mencionar o Sambódromo, Tainá se sentiu sobrecarregada. A policial continuava balançando a cabeça.

— Como se pode viajar sem confirmar...

— Já lhe explicamos.

"Nossa, será que ela também vai comentar a história da gente?", pensou Tainá. "Que vai nos explicar que não foi uma boa ideia parar neste motel? E que vamos passar o resto do dia ouvindo isso das outras pessoas?"

A policial finalmente se sentou atrás do computador para registrar a ocorrência. Escrevia lentamente, como se tivesse que pensar bem antes de digitar qualquer coisa. Voltou ao balcão para pedir os documentos de identidade e o CPF deles. Sentou-se novamente, examinou os documentos e perguntou algum detalhe ao casal.

Gabriel suspirou.

—Porra! Quanto tempo vai durar isso? E ainda tem quatro pessoas antes da gente!

Tainá não respondeu. Estava pensando em todos os que contavam com ela neste dia e que iam ficar decepcionados, frustrados, com raiva. E com razão.

Esses pensamentos foram interrompidos por uma voz amigável.

— Tainá, o que está fazendo aqui?

Tainá levantou a cabeça. Era um policial de trinta e poucos anos, com um rosto simpático.

— Felipe? Estamos aqui para registrar uma ocorrência.

— Que tipo de ocorrência?

— Roubo de carro.

— Vem comigo — disse ele.

— Senhor, a gente também está esperando! — protestou uma senhora.

— Fique tranquila, senhora, vai ser atendida o quanto antes.

Gabriel e Tainá seguiram Felipe até um pequeno um escritório cheio de pastas e de papéis soltos. Tainá estava desconfortável de furar a fila assim, mas pensou no Seu Davi com a sua voz impaciente e se resignou a aceitar a transgressão ética.

— Desculpem se tiveram que esperar. Temos pouca gente no atendimento, porque hoje quase todo o pessoal está a serviço nas ruas — declarou Felipe.

Ligou o computador e começou a registrar a ocorrência. Não comentou o fato de terem parado num motel.

— O que tinha na van?

— Cerca de vinte fantasias de Carnaval, instrumentos de percussão e o meu celular.

— Quais instrumentos?

— Dois surdos, um repique, uma cuíca, um tamborim, um chocalho, um agogô e... espera... dois pandeiros — enumerou Gabriel. — Todos marcados com o brasão da Unidos de Madureira.

— Minha escola preferida — comentou Felipe. — Já te disse, Tainá. Valor da carga?

Tainá e Gabriel se olharam, perplexos.

— Difícil dizer — respondeu finalmente ela. — Não faço ideia do valor de uma fantasia. E o problema é menos o valor do que as consequências. Vão faltar vários componentes numa ala só...

— Entendi, mas preciso marcar um número. O sistema pede.

— Para os instrumentos... espera — disse Gabriel.

Pegou o celular, pensou, digitou na calculadora e anunciou um número.

— E para as fantasias... Quanto custam nas alas comerciais?

— Puxa... — respondeu Tainá — muito caro. Tipo... mil reais?

— Caramba, então são dezoito mil! — disse Gabriel.

Felipe assobiou e finalizou a ocorrência rapidamente.

— Vamos ver o que podemos fazer — disse ele. —Te ligo logo que tiver novidade, Tainá.

— Valeu, Felipe! Obrigada por tudo— respondeu ela. — Mas liga pro Gabriel, por favor, estou sem celular.

14h

Trocaram os números e Felipe acompanhou os dois jovens à porta. A chuva ainda estava batendo forte.

— Podem esperar aqui dentro se quiserem. Não tem problema. Boa sorte! — disse, antes de voltar ao escritório.

— Nossa, o cara é sangue bom! — comentou Gabriel. — Como conheceu ele?

— É um vizinho em Madureira. Deixa a filha com a gente às vezes, quando ele e a esposa trabalham à noite. Sempre tivemos ótimas relações.

— Tomara que o Seu Davi também seja compreensivo.

— Tomara, mas duvido — suspirou Tainá.

Gabriel chamou um carro de aplicativo. Esperaram, olhando a chuva bater no chão com afinco.

— Lembra daquele desfile, esqueci o ano, quando choveu pra caralho? — perguntou Gabriel.

— Como não? — respondeu Tainá, sorrindo. — Foi o ano do enredo sobre Roberto Burle Marx e a natureza brasileira... Pena, era show de bola...

— Era top mesmo. Mas em alguns trechos, tínhamos água até os tornozelos...

— E as árvores do carro alegórico ameaçando entrar em colapso...

Riram dessas lembranças.

— Foi um ano sinistro! Inesquecível...

— Infelizmente, pra gente, este vai ser ainda mais — concluiu Tainá.

— Infelizmente — respondeu Gabriel, enquanto o carro estava chegando.

Tentaram se proteger com os braços, mas, mesmo correndo, chegaram molhados ao carro, que esperava a dois metros. A motorista estendeu toalhinhas para eles.

— Serviço VIP! — comentou Gabriel.

— Se os meus clientes ficam felizes, eu também — respondeu a motorista.

Olhou o destino no seu aplicativo e começou. O trânsito estava lento. Poças se formaram à beira das calçadas. Carros faziam desvios para evitá-las. Algumas ruas estavam alagadas. A água subia até os para-choques, senão mais alto. O vento fazia as árvores balançarem ameaçadoramente. Galhos pequenos caíam no asfalto

— Por que será que cada chuva tem que fazer esta porra desta bagunça no Rio? —perguntou Gabriel. — Quinhentos anos não bastaram para se aprender a lidar com essa parada?

— Falta de manutenção — respondeu a motorista. — Cortaram a verba e aqui está o resultado. Os bueiros entopem e não conseguem mais drenar a água da chuva.

— Normal, o nosso prefeito prefere cuidar dos seus irmãos de fé do que do povão.

—Ainda. No meu bairro, nós mesmos resolvemos a manutenção dos bueiros.

— Para que se dar a este trabalho? É só ligar para Márcia[1] — respondeu Gabriel.

A motorista riu. Enquanto continuava a conversa, Tainá pensou em Seu João, o dono da padaria. Não falara de demiti-la, mas fora pego de surpresa. Talvez a sentença viesse depois, no dia seguinte, ou depois da Quarta-Feira de Cinzas. O tempo necessário para ele pensar no ocorrido e nas consequências. E, nesse caso, quais seriam as opções dela? Na situação atual, achar um outro emprego seria difícil. O Rio estava atravessando a pior crise econômica em décadas. E, se a tia soubesse do ocorrido, o quadro ainda pioraria. Sem falar da vergonha na escola. Não era só por aquelas dezoito pessoas que não poderiam desfilar. O tamanho da ala

---

1 Referência a um escândalo que marcou a gestão do prefeito Marcelo Crivella (2017-2020), que é bispo da Igreja Universal do Reino de Deus. Num evento privado em 2018, informou a líderes evangélicos que se alguns fiéis não conseguissem vagas para ser operados num hospital municipal, era "só conversar com a Márcia" (sua assessora) para furar a fila. (Fonte: Veja, 13/08/2018)

também diminuiria exageradamente. Podia criar um desequilíbrio e fazer a escola perder pontos. Era bem conhecido que os juízes eram muito menos tolerantes com as pequenas escolas, como a Unidos de Madureira. E se tirassem pontos por isso, Tainá não ousaria mais pisar na quadra, o que significaria separar-se da sua família de coração. Todos os alicerces da sua vida estavam correndo perigo.

Gabriel falava de uma amiga enfermeira que vaiara o prefeito, quando este visitou o hospital onde ela trabalhava. Tainá sentiu um aperto no coração. Será que estava com um pouquinho de ciúmes? Sempre conhecera Gabriel brincando com todos. Verdade, mas houvera o motel... Sentia um pouco de raiva também. Será que este cara não deixava nada o tocar pessoalmente? Tainá estava vivendo um pesadelo e ele já parecia ter esquecido tudo, como se nada tivesse muita importância. E o que ocorrera no motel, também não? Se Tainá não estivesse no carro, será que trataria de convencer a motorista a parar num motel "só para dar uma olhadinha?" Com outra história bem trabalhada?

A chuva continuava caindo forte e não se via ninguém na rua. Se não fossem os carros, se poderia pensar que a vida havia parado. Vapor de água levantava e embrumava tudo. Nos bares, alguns fregueses ficavam prudentemente na porta, cerveja na mão, olhando o dilúvio.

Tainá voltou a pensar em Gabriel. Ao mesmo tempo, ele fora honesto. Não fingira ser um cara romântico procurando um namoro. Jogara, sem pudor, a sua carta de mulherengo (perdão, de "tudorengo"). Poderia ser uma maneira de se proteger? De qualquer jeito, se Tainá não estivesse satisfeita com a situação, só poderia reclamar consigo mesma. Talvez fosse ela que sempre estivera atraída por homens dos quais não se podia esperar nada. O Arthur da ala dos compositores, casado, dois filhos. O Lucas, o físico que não gostava de expressar os seus sentimentos, mas deixara claro que não queria engajar-se na relação. O Maurício, que fez grandes declarações, antes de sumir sem explicação. Seria um jeito de se proteger também? No fundo, Gabriel e ela talvez não fossem tão diferentes.

Virou a cabeça para a direita e viu a silhueta maciça do Maracanã se destacar atrás da cortina de chuva, como um navio fantasma. Estavam se aproximando da Sapucaí. A conversa mudara para esta nova doença que assolava China e Itália. Não se parava de falar do tema na televisão, nas redes sociais, nos jornais.

— Pô, sinistra essa parada, hein?! — comentou a motorista. — E não vai ser o oceano Atlântico que vai nos proteger.

Gabriel deu de ombros.

— Claro que é traumatizante para um país como a Itália. Mas aqui a gente já tem a dengue, o sarampo, a Zika, a Chikungunya e mais uma penca... Fala pra mim, tu acha que vai mudar muito?

— Vai, vai. Tenho um doutorado em microbiologia e posso te assegurar que esse novo vírus não é brincadeira, não. É contagioso e violento pra caralho! Ainda estou em contato com ex-colegas da faculdade e eles estão muito preocupados.

"Só faltava essa pra acabar de foder o Brasil", pensou Tainá.

— Venha o que quiser, desde que não chegue a tempo pra foder o Carnaval — concluiu Gabriel.

Chegaram à Presidente Vargas, a algumas centenas de metros do Sambódromo. Não tinha como se aproximar mais. Carros alegóricos esperavam no meio da avenida. Uma moça estava tratando de segurar uma lona leve, colocada para proteger uma parte mais frágil, que o vento soltara. A chuva, o grande pesadelo dos Carnavalescos, estava testando sua obra.

"E agora, vai pegar o contato dela", pensou Tainá.

Arrependeu-se imediatamente. "Merda, será que tô realmente com ciúme?"

— Peguem isto para se proteger — sugeriu a motorista, estendendo dois sacos plásticos. — Melhor do que nada.

—Valeu! — respondeu Gabriel, abrindo a porta.

Correram pela calçada, colocando os sacos acima de suas cabeças. Depois de cem metros, se abrigaram na entrada de um edifício. Já estavam encharcados.

— Caraca, e não fizemos nem a metade! — comentou Gabriel.

Gotas estavam caindo do seu cabelo e corriam nas suas bochechas. Começou a rir. Tainá ainda sentia um grande peso no peito, mas, ao ver Gabriel levando a chuva com leveza, não pôde deixar de sorrir.

— Pronta pra mais um trecho? — perguntou ele.

— Partiu!

Correram até outro abrigo, em ziguezague, para evitar as poças. Estavam quase chegando quando Tainá calculou mal o passo e pisou numa poça bem funda, respingando em Gabriel. Caíram no riso.

"Caramba!", pensou Tainá. "O que tá fazendo? Você está com raiva, por que está rindo assim?"

— Coé, colega? — perguntou ele. — Castigo pelos meus erros?

— Isso aí, para te lavar os pecados.

— Fala sério! Precisaria de muito mais para isso! Mas estamos falando dos meus pecados e esquecendo dos seus...

Chutou numa poça para devolver a Tainá os respingos. Ela deu um salto para trás.

— Para, maluco! Já estou encharcada!

— Então, um pouco mais de água não pode te fazer mal!

Jogaram um pouco com as poças antes de correr o último trecho. Na entrada dos setores 2 e 4, Tainá pegou o celular de Gabriel e ligou para Seu Davi. A leveza dos últimos minutos já sumira. O recesso acabara. Agora se sentia ansiosa. Chegara a hora de enfrentar as consequências do ocorrido. E este encontro só era o início.

Depois de cinco minutos chegou um homem de mais ou menos cinquenta anos, musculoso e calvo, com um grande guarda-chuva. Sinalizou para os seguranças deixá-los entrar. Tainá e Gabriel o seguiram até um edifício que ficava ao lado, até uma pequena sala com algumas cadeiras e uma mesa coberta de xícaras de café vazias e de migalhas de salgadinhos.

— A presidenta está furiosa — declarou Seu Davi, sentando-se na beira da mesa. — E com razão. Já tenho trinta anos na agremiação e nunca ouvi uma história dessa. Porra, são idiotas completos ou o quê?

Calou-se e olhou Gabriel e Tainá fixamente. Esta sacudia o pé de um jeito incontrolável. Nunca se sentira à vontade na presença do Seu Davi. O olhar dele era sumamente penetrante. Parecia que esses olhos despiam quem estivesse em frente sem oferecer nada em troca.

— Falta uma conexão nesses cérebros? Como é que uma agremiação do Grupo Especial aceitou vocês em seus desfiles?

Continuou olhando os dois jovens sem pestanejar. O mal-estar na sala era tão espesso que se poderia cortar uma fatia dele e mandá-la pelos correios ao seu pior inimigo.

— Então, meninos, agora vão me explicar melhor como conseguiram deixar roubar vinte fantasias e instrumentos de percussão.

"Finalmente nos abre um espaço", pensou Tainá. Contou o ocorrido sem esconder nada. Não queria. Mas também sentia que, com esse cara, seria inútil tratar de embelezar, que, se fingisse ter parado num restaurante em vez de num motel, ele teria descoberto a verdade sem esforço, só com esse olhar de águia.

— Qual é o nome e o endereço do motel?

O tom dele mudara totalmente. A raiva parecia ter ido embora. "Desempenhou o seu papel de cara dura, e agora chegamos ao ponto", pensou Tainá. Gabriel procurou as informações no seu celular.

15h

— Notaram algo estranho? Algo inabitual?

Gabriel e Tainá se olharam, perplexos.

— Acho que não.

— Pensem bem. Qualquer detalhe pode ajudar.

Deixou-lhes dois minutos para pensar. Tainá tratou de repassar o filme dos acontecimentos em sua cabeça, mas tudo o que achava eram imagens fixas, acompanhadas do áudio da conversa. A imagem do recepcionista, o olhar fixo para a televisão, algumas de Gabriel e ela no quarto. A da placa que indicava que o motel não se responsabilizava pelos veículos estacionados do lado de fora. E a da vaga vazia.

— Então?

— Não, realmente, não me lembro de nada estranho — respondeu Tainá.

— E o recepcionista, como era?

Descreveram o homem e as poucas palavras que trocaram.

— Agora, me fala da van. Com todos os detalhes.

— Uma Fiat Ducato branca, com o logotipo "Padaria Nova Pampulha" com letra laranja nos dois lados, em cima da imagem de uma cesta cheia de pães.

— Número da placa?

— Aqui, olha, na ocorrência.

Seu Davi deu uma olhadinha rápida.

— Pode fazer uma cópia se quiser.

— Isso não vai adiantar. Sabe qual é a taxa de elucidação dos casos desse tipo pela polícia no Rio?

Tainá e Gabriel balançaram a cabeça.

— Eu também não, mas deve ser ainda mais baixa do que a taxa de virgindade na Vila Mimosa.

Gabriel não conseguiu conter um sorriso.

— Então, vamos tratar esse caso do nosso jeito. Em família. Entretanto, se conseguirem alguma informação, se lembrarem de algo, até se parecer de pouca importância, me liguem. Combinado?

— Combinado, Seu Davi — responderam Tainá e Gabriel quase ao mesmo tempo.

Seu Davi se levantou e abriu a porta para eles. A chuva parara, mas ainda havia poças em todo lugar. A temperatura baixara. Fazia um tempo fresco que poderia ter sido agradável para quem não estivesse de roupa molhada.

— Maneiro! — suspirou Gabriel, quando chegaram na rua. — Temia que fosse pior.

— Foi bem feio já.

— Tranquilo, ninguém morreu!

Tainá sentiu uma raiva que crescera aos poucos e estava esperando o momento certo para jorrar.

— Evidentemente, não é você que arrisca perder o seu emprego, nem é você que vai enfrentar dezoito pessoas que não vão desfilar por nossa culpa! Vocês, na bateria, vão poder achar outros instrumentos e participar. Mas, para os meninos da ala, será uma decepção enorme! Alguns deviam desfilar pela primeira vez, era a realização de um sonho! E tudo o que você pensa é que Seu Davi poderia ter sido ainda mais duro!

Gabriel baixou a cabeça.

— Foi mal, Tainá, não queria dizer isso, na moral.

Parecia genuinamente arrependido. "Gabriel, arrependido de algo?", pensou Tainá. A raiva dela diminuiu.

— Tá ok, mas preciso ficar sozinha agora. Cada um do seu lado. Tá ligado?

— Tá de boa. Sem rancor. Até a próxima.

— Fechou. Até a próxima.

Tainá foi embora pela Avenida Presidente Vargas. Realmente, este cara! Não parecia dar importância a nada. Era muito engraçado quando tudo corria bem, mas, quando a coisa ficava feia, esta leveza lhe parecia cada vez mais a falta de noção. "É sempre assim", pensou. "Aquilo que atrai numa pessoa pode, em determinados momentos, parecer insuportável."

Sentiu um pouco de remorso por tê-lo deixado plantado na entrada. Não era culpa dele se o próprio olhar dela evoluíra. "Não deveríamos fazer os outros pagarem por nossas mudanças", pensou. Hesitou em voltar. Mas ao mesmo tempo queria se trancar no seu quarto, esquecer o motel, a padaria, Unidos de Madureira e as dezoito pessoas que iam ficar frustradas. E dormir, dormir, dormir. A imagem da sua cama alternava na sua mente com a de Gabriel, acanhado, na porta. Cama, Gabriel. Continuar o caminho, voltar. Ficar sozinha...

Uma rajada de vento a fez arrepiar. Se virou e refez os seus passos. "Não vou correr, não estamos numa novela", pensou. Mas as suas pernas teimavam em acelerar. Sentia-se puxada, aspirada em direção à entrada. "Não precisa correr, não, para com isso."

Gabriel não estava mais. Perguntou ao segurança como tinha ido embora. Seguindo a indicação dele, foi na direção da sede do Metrô Rio, desta vez correndo. Chegou ao ponto de ônibus. Gabriel não estava. Ela deu uma volta, parando em frente a cada ambulante para olhar os clientes. Ele não estava. Ela voltou pela outra calçada. Não o encontrou.

Retomou o seu caminho em direção à Central. "Amanhã ligo pra ele, pra pedir desculpas." Passou em frente a um carro alegórico e desviou o olhar. Entrou na estação, olhos para baixo. Lembrou do tio Carlos, que a fez descobrir a Cidade Maravilhosa. "Aqui não se pode olhar para baixo", explicava. "Não está mais em Volta Redonda. Tem que olhar ao redor, o tempo todo, para saber o que está acontecendo e se antecipar caso algo esteja se preparando. Batedores de carteira e assaltantes se aproveitam dos distraídos e sonhadores."

O tio Carlos costumava dizer que a vida era frágil, ainda mais no Rio. Tainá, porém, sempre confiara na sua boa estrela. No seu anjo protetor. No amparo do seu orixá. Chame isso como quiser. Nunca fora assaltada, diferente de quase todas as pessoas que conhecia no Rio. Talvez isso tivesse contribuído para o seu sentimento de relativa segurança. Geralmente tomava todas as precauções, mas o fazia mecanicamente, sem se sentir realmente ameaçada, como alguém que preenche a declaração de imposto com cuidado, mas sem pensar que assim está contribuindo para financiar hospitais e escolas. "Leveza de uma menina do interior que não nasceu nesta bagunça", pensou.

Mesmo assim, não levantou a cabeça. "Por acaso, tenho algo mais para me roubarem? A minha bolsinha, com quarenta reais e um cartão de metrô quase zerado? O meu relógio *xing ling*, que custa vinte e cinco reais no Mercadão e talvez ainda menos na Uruguaiana?"

Sentada num vagão, repassou a sua conversa com Seu João. Teria que pagar todos os custos causados pelo roubo da van, como dedução no seguro, aluguel de outros veículos quando necessário etc. Droga, como conseguiria esse dinheiro todo? E como pagaria a sua parte das despesas da casa? Os livros da faculdade? Era um pesadelo. Pensou na teoria do efeito borboleta: o bater da asa de uma borboleta num lugar pode causar um furacão no outro lado do mundo. Parecia estar vivendo uma experiência dessas. Metaforicamente pelo menos. Uma borboleta devia ter batido a sua asa no Hindu Kuch ou no estreito de Malabar e uma cadeia de eventos se desencadeara, cada vez maiores, impulsionando um bandido a roubar uma van estacionada frente a um motel da Quintino Bocaiuva e abalando a vida dela. O que mais estava por vir?

16h

A casa parecia vazia. A porta do quarto dos tios estava fechada, a tia talvez estivesse dormindo. Tainá tomou um banho e foi à cozinha. Uma panela de arroz e outra de feijão estavam no fogão, o que a fez sentir um pouco de fome. Serviu-se sem esquentar a comida e mastigou devagar. Mesmo se estivesse arrasada, uma pequena fagulha de alegria sobrevivia em seu coração. Esse Gabriel! Era algo, né? E ainda era bom de cama! Onde será que ele estaria agora? Teria voltado à quadra para organizar instrumentos de substituição? Será que tudo acabaria bem para ele? Torceu sinceramente para que fosse o caso. Já tinha gente suficiente com o grande dia fodido. "Se ele tiver um ótimo desfile, vai compensar um pouco o meu pesadelo", pensou.

Lavou os pratos e foi se deitar. Colocou tampões de ouvido e um pano ao redor dos olhos. Na sua mente flutuava a imagem da van e a de Gabriel nu em cima dela. Arrepiou-se. Hesitou em se masturbar, mas as suas pálpebras estavam pesadas e, antes de se decidir, caiu no sono.

18h

Estava apenas acordando quando ouviu alguém mexer na casa. Devia ser a tia. Droga. Exatamente quando Tainá precisava ir ao banheiro. A última coisa que queria agora era uma conversa com Dona Bruna. Será que conseguiria esgueirar-se até o banheiro despercebida? E voltar ao quarto para deitar-se de novo e cair no sono? Tentou dormir, sem sucesso. A sua bexiga estava cheia demais. Levantou-se e foi até a porta na ponta dos pés. Abriu muito devagar, sem fazer barulho. Esgueirou-se silenciosamente pelo corredor e entrou no banheiro. Não ousou trancar, por medo do barulho. "Puxa, ter que se esconder para fazer xixi, que vida é esta?", pensou. Estava no meio do processo quando a porta foi aberta. O rosto da tia apareceu.

— Tainá? Por que não trancou a porta? Não te ouvi.

— Desculpe, tia, não queria te incomodar.

"Acabou", pensou Tainá. "Não dá mais para se esconder no quarto." Deu descarga, lavou as mãos e foi se ter com Dona Bruna na sala, a contragosto.

— Tudo bem?

— Tudo. E você?

— Também.

"Será que ela mentira tão descaradamente como eu?", perguntou Tainá para si mesma.

— A sua amiga veio te visitar.

— Qual amiga?

— Uma mocinha, uma tal de Dandara.

Tainá sobressaltou.

— Quando?

— Diria... mais ou menos às três e meia. Estava procurando uma fantasia de Carnaval. Disse que estava com você.

Falou em um tom neutro, mas Tainá ficou calada, envergonhada. Na parede, o relógio fazia um *tic-tac*, *tic-tac*. Na rua passou um carro. Este mundo era real demais e insistia em marcar a sua presença. Não se deixava esquecer tão facilmente.

— Por que não me disse que continuava na escola? — perguntou a tia.

— Sabe... sei que você desaprova, mas isso sempre foi importante para mim — balbuciou Tainá.

— Você é como minha filha. Entendo que você não segue o mesmo caminho que eu e que isso não vai mudar. Te amo do mesmo jeito.

Tainá se sentiu derreter. Se aproximou da tia e se abraçaram.

— Obrigada, tia. Muito obrigada. Eu te amo também.

"Devo contar tudo para ela?", pensou. "Não. Acabamos de dar um grande passo. Vamos devagar."

— E na igreja, tudo bem?

— Tudo bem.

Tainá sentiu uma reserva no tom da tia. Já notara algumas vezes que ela parecia chateada ao voltar do culto. Conhecendo o apetite financeiro do Pastor Denílson, que estava procurando um montante expressivo para financiar a construção de uma nova casa de Deus, imaginava que podia ter ligação, mas nunca conseguiu estabelecer uma conversa a respeito com a tia.

— Tudo bem, mas?

— Mas nada.

Ficaram em silêncio. Assim era a tia. Abrindo-se um pouquinho e fechando-se imediatamente. "Uma ostra", pensou Tainá.

A tia começou a tirar as roupas do varal.

— Deixa, eu vou passar — disse Tainá.

A tarefa a tranquilizaria. Pelo menos era uma coisa que fazia do jeito certo. Além disso, faria com que ela se sentisse num território seguro, bem delimitado, sem surpresas.

A tia ligou o rádio. Caiu nas notícias. O medo da pandemia derrubara bolsas de valores no mundo, enquanto novos casos dispararam na Itália. No Ceará, bandidos aproveitavam a greve da PM para cometer mais crimes ("ainda mais!", pensou Tainá) do que normalmente. No Rio, o governador desistira de um decreto que puniria a homofobia, por conta da reação da bancada evangélica. "Será que a tia aprova isso?", perguntou-se Tainá. "Será que na sua igreja falaram que esse decreto era uma ofensa a Deus?" Tratou de enxergar um sinal no rosto dela, mas este parecia estático.

Começava a seção de esportes quando a campainha tocou. "Será a menina do Dois Irmãos?", perguntou Tainá para si mesma. Foi abrir a porta. Era Dona Júlia, uma massagista que atendia a tia em casa. As duas se instalaram na sala, frente a Tainá, que continuou a passar roupas.

— Tudo bem, moça? — perguntou Dona Júlia.

— Tudo bem, obrigada.

— O que tá fazendo em casa? Você é jovem, deve sair e curtir o Carnaval!

Era a última coisa que Tainá queria ouvir.

— Tive um dia cansativo. Prefiro ficar de boa.

— E você, Dona Bruna? Como se sente hoje?

— As minhas costas estão doendo bastante — respondeu a tia.

— Vamos ver isso. Espera. Sim, tem uns nódulos aqui, vamos tirar isso e você vai ficar novinha em folha! Vai poder até dançar na igreja!

Dona Júlia tinha muita força nas mãos e fazia massagens que a tia chamava de "energéticas e eficazes". Começou a apalpar a coluna de Dona Bruna, vértebra por vértebra. E, enquanto trabalhava, falou do seu filho que emigrara para Portugal. Ganhava menos lá, mas achava que a qualidade de vida compensava.

— Imagina, pode atravessar a cidade a pé no meio da noite sem medo! E o sistema de saúde funciona, não se espera meses para uma operação eletiva como aqui!

— Parece um presente de Deus — comentou a tia.

— E por que não pode fazer o mesmo presente para a gente? — perguntou Dona Júlia.

— Porque não somos dignos d'Ele. É só ligar o rádio para ver que esquecemos Ele. Acha que um país que teve o mensalão, a lava-jato e onde se rouba sem se esconder pode ser digno dos Seus presentes?

— Você deve ter razão... — respondeu Dona Júlia sem parecer convencida.

Trabalhou um momento em silêncio, pressionando os polegares nas escápulas da tia.

19h

Tainá acabara de passar as roupas e, enquanto a conversa prosseguia, foi guardá-las nos armários. E agora, o que poderia fazer? Estudar um pouco? Não sentia energia para isso. Voltar para a sala e participar da conversa? Por favor, não, já estava farta.

Sentou-se na sua cama e começou a olhar a parede. Observou as pequenas manchas, um canto de papel de parede que estava se descolando. Outras peculiaridades da janela, do chão.

— Tainá, telefone pra você — chamou a tia.

Tainá se levantou e foi à sala sem pressa, como uma idosa que já se cansou da vida. Pegou o telefone e escutou. E pouco a pouco, a alegria conquistou cada célula do seu corpo.

— Onde?! E tudo que estava dentro?

...

— Com certeza?

Agora estava quase rindo.

— Pode olhar se o meu celular está no porta-luvas? É super importante. Sim, estou esperando.

...

— Está? É o máximo! Leva com você, por favor, sim. E enquanto isso, liguem para os componentes dos quais tem os números. Já estou chegando.

— Vai desfilar? — perguntou a tia.

— Vou, tia — respondeu Tainá, resolvida a não mentir mais. — Como todo ano.

— Bom desfile, então.

— Com qual escola? — perguntou Dona Júlia.

— Unidos de Madureira, primeira ala depois do terceiro carro.

— Tá bom, vou assistir, torcendo por você.

— Obrigada, Dona Júlia!

Saiu e correu até a estação, parando apenas para recuperar o fôlego. Na plataforma se encontravam uns componentes, trazendo fantasias. Foi encontrar com eles.

— Tainá! E aê? Onde está a sua fantasia? — perguntou Sonimar, uma mineira do bairro.

— Lá na Sapucaí. Uma história sinistra. Vou te contar.

O trem estava cheio, mas, quando vieram as fantasias, os passageiros se empurraram para abrir espaço. Um moço até ofereceu o seu assento. "Quem disse que esse povo não tem educação?", pensou Tainá.

— E aê? A história? — perguntou Júlio, um carioca que morava no Canadá, mas nunca perdia um Carnaval.

Tainá sentia uma grande necessidade de desabafar. Contou o percurso no centro, a escapada de Laranjeiras, a chegada em Quintino Bocaiuva. Como uma fada, transmutou o motel em lanchonete, o sexo em salgadinhos. Contou a visita à delegacia, a chuva, a entrevista com Seu Davi e o seu misterioso "vamos tratar este caso do nosso jeito". Arrepiou-se ao repetir esta frase. Achava-a misteriosa e um pouco assustadora.

— Affff! Que história bizarra! — reagiu Júlio.

— E como acharam a van? — perguntou Daniel, um vendedor de Justinópolis.

— Não sei, não me contaram. Não deu tempo ainda.

— O Seu Davi tem os seus contatos — comentou Evaldo, o esposo de Sonimar.

Contou como, alguns anos atrás, Seu Davi achara um moço que roubara o caixa, no dia da feijoada na quadra. Ninguém assistira ao roubo. Ninguém sabia o que passou. Ninguém tinha dicas para identificar o ladrão. Seu Davi o achou do mesmo jeito, dois dias depois. Nunca se soube como fizera. E ninguém se atreveu a lhe perguntar.

— O ladrão devia ser um desses garotinhos sem experiência que exibem o dinheiro que acabam de roubar, crendo que um golpe de sorte pode fazê-los passar de um dia para o outro de vagabundo a grande senhor — reagiu Anderson, um empreendedor de Campo Grande. — Isso não passa despercebido para quem tem as orelhas grandes.

Teria sido assim que o Seu Davi achara a van? Com suas orelhas grandes, o que será que isso significava? Tainá ainda estava pensando nisso quando chegaram à Central. O vagão se esvaziou de uma vez. Mesmo Tainá se sentindo muito aliviada, uma parte dela não conseguia acreditar. Era possível que este pesadelo tivesse acabado? Realmente? Não era uma ilusão? Parecia-lhe que só poderia ter certeza disso quando, fantasiada, cruzasse a linha que marcava o início da pista. Mesmo assim, teria medo da fantasia evaporar do nada e ela ficar de calcinha e sutiã, na frente das dezenas de milhões de pessoas que assistiam ao desfile nas arquibancadas ou na televisão.

Chegaram em frente ao prédio da CEDAE, onde componentes estavam se preparando. Marina, uma psicóloga que trabalhava na administração, estava esperando com as fantasias. Tainá a abraçou calorosamente.

— Marina, não acredito! Então está tudo certo?

— Sim, aqui está a chave, e aqui o seu celular. Pode recuperar a van depois do desfile, na Cidade do Samba.

— Obrigada, muito obrigada! — exclamou Tainá.

Queria abraçar Marina mais, cobri-la de beijinhos, dançar com ela.

— Já conseguimos ligar pra onze componentes, mas ainda faltam: Dandara, Jonas, Leon, Léo, Anderson, Cristiane e o namorado dela — disse, lendo uma lista num papelzinho. — Tem os contatos deles?

— Tenho sim.

Tentou ligar seu celular. Estava descarregado.

— Alguém tem carregador portátil por aqui?

— Não sei. Tem que perguntar.

Tainá foi de grupo em grupo e de resposta negativa a resposta negativa. Começou a sentir medo. Não podia ser! Quase tudo já estava resolvido, não podia deixar seis pessoas desapontadas por um estúpido problema de bateria!

20h

Correu até a estação de metrô da Praça Onze. Perguntou ao dono de uma lanchonete se podia recarregar o celular; ele indicou uma tomada na parede. Tainá conectou o cabo e o sinal da bateria vazia apareceu na tela. Ufa! Respirou profundamente. Esperou alguns minutos para que a bateria carregasse o suficiente. Ligou para Dandara primeiro. A menina morava muito longe e precisava de mais tempo para chegar. Ela pareceu superfeliz, tão radiante que contaminou Tainá. Finalmente realizaria o seu sonho! Ia desfilar e o seu entusiasmo sem dúvida se espalharia pela ala! Tainá estava quase rindo quando falou com Jonas, um bom amigo que conhecera na cafeteria da universidade. Ele estava em casa com a sua turma, conformado em assistir aos desfiles na televisão. Por fim, Tainá ligou para Seu João para anunciar que a van fora achada. O dono pareceu surpreendido, mas não comentou.

Tainá voltou para a frente do prédio da CEDAE. Os instrumentos de percussão já não estavam e alguns dos componentes do grupo de Tainá já haviam chegado. Ela teve que contar suas desventuras mais uma vez.

A garganta um pouco seca de tanto falar, comprou um latão de cerveja de um ambulante. Suara bastante desde a sua casa e lhe pareceu que o líquido irrigava todo o seu corpo. O pai dela costumava dizer: "A melhor cerveja não é a que vem da cervejaria artesanal que contrata os melhores cervejeiros, usando os melhores ingredientes. É a que se toma depois de um longo dia de verão. É mais gostosa do que o mais fino dos vinhos franceses."

Os componentes começaram a vestir as fantasias, recebendo dicas de Tainá para colocar os elementos do jeito certo. Representavam índios milionários, com indumentária tradicional de cores vivas, joias de ouro e Rolex gigante de poliestireno pintado.

— Ainda temos que pegar um esplendor dentro da concentração — informou Tainá.

Mais componentes chegavam. Tainá se desculpava pelo ocorrido, entregava as fantasias e contava suas desventuras de um jeito mais e mais breve. Contou as fantasias que sobravam. Agora só faltava a turma do Jonas e a menina do Dois Irmãos. Tomara que todos cheguem a tempo!

Os componentes estavam aproveitando o momento, este intervalo no qual se sabe que se está por viver um momento memorável, uma emoção do tamanho do evento, e que já se havia feito tudo o que se podia para prepará-lo. Agora, só tinha que relaxar, esperar e aproveitar. A turma conversava animadamente. Falavam dos desfiles do dia anterior, da águia *hightech* da Portela, do Cristo Negro da Mangueira, da sereia viva de Viradouro. "Somos como os torcedores de futebol", pensou Tainá. "O prazer de comentar o jogo prolonga o prazer de assistir a ele." Sentiu-se imensamente grata, sem saber a quem. Não perdera a sua família de coração. Aqui estava, como se nada tivesse ocorrido.

Dois turistas pediram para tirar uma foto com Tainá. Ela posou com um grande sorriso, enquanto um dos turistas rodeava um braço nela e esticava o outro para frente, polegar levantado. Depois trocaram de papel. Agradeceram calorosamente. "Os famosos quinze minutos de glória", pensou Tainá.

Sentiu uma mão no seu ombro. Era Jonas, que acabara de chegar com a turma dele.

— Caraca! Conseguimos — disse, meio ofegante. — Que loucura é essa mermão? No início da tarde, nos avisaram que as fantasias tinham sido roubadas, e, às oito, você me liga pra me dizer que estão no Sambódromo. O que foi que rolou?

Tainá contou de novo a sua história, que já prometia entrar no patrimônio da escola. E, como das outras vezes, quando chegou na parte em que recebeu a ligação em casa, o seu coração pulou e sentiu, de novo, o alívio.

— Caramba! Parece um enredo de filme iraniano — comentou o namorado da Cristiane, com um pequeno sotaque estrangeiro que Tainá não conseguiu identificar.

— Não sei, mas foi um dia bem sinistro!

— Não é hora de ir à concentração? — perguntou Cristiane.

Tainá pegou a fantasia de Dandara e seguiu a turma. Dentro das grades, aproveitaram o tempo que sobrava para fazer um passeio e dar uma olhadinha nas outras alas. As alegorias já estavam posicionadas. Destacava-se a do Congresso, com sua alta torre e suas duas cúpulas. Algumas jovens negras trazendo pastas já haviam subido nelas para desenvolver o papel de senadoras e deputadas. Tainá lembrou-se da primeira vez em que desfilara. Notara uma pequena igreja colonial na concentração, como havia tantas no Rio. Achou que era muito linda e apaziguadora. Um pedaço de permanência no meio desta festa do efêmero. Foi só quando o desfile iniciou sua marcha que percebeu que era uma alegoria.

21h

Os esplendores estavam sendo descarregados de um pequeno caminhão por dois moços. Eram compostos de varas nas quais se fixavam penas coloridas. Embaixo destas, pendiam falsas notas de cem reais e várias moedas de ouro em poliestireno. Os componentes se ajudaram mutuamente a ajustar as estruturas no arnês.

A turma de Jonas foi encontrar-se com os outros componentes da ala, atrás da alegoria do Congresso. Tainá ficou perto da entrada e conferiu o celular. Não tinha notícias da menina. Ela suspirou. "Chega, amor, chega, o tempo está correndo!", pensou. Não ousou ligar, por medo de gastar a bateria que ainda estava muito baixa.

As alas já se formaram. Tainá voltou à sua. Um oficial da escola estava revistando as fantasias dos componentes, arrumando detalhes, distribuindo palavras de encorajamento. Tainá repetiu as instruções ao grupo do qual estava encarregada. Cantar com todo o seu coração, demonstrar entusiasmo, especialmente quando passar frente a uma das cabines dos jurados, e cuidar bem do posicionamento. Alinhado com a sua fila, a um metro atrás da fila da frente. Nunca, nunca, nunca deixar um buraco se criar no meio da ala.

O celular vibrou. Era Dandara, anunciando que estava num táxi, aproximando-se do Sambódromo. "Depressa, e me liga quando chegar", respondeu Tainá. Ufa, faltava pouco tempo, mas ainda podia dar. Lá em frente, a bateria começou a tocar. Uma onda de energia percorreu o desfile. Componentes começaram a se mexer. A impaciência era palpável. "O Gabriel deve estar lá, batendo no seu surdo", pensou Tainá. Ela gostava do toque da bateria da Madureira. Como não possuía uma tradição tão marcante como as grandes escolas, esta podia se atrever a algumas ousadias que teriam atraído protestos de torcidas mais tradicionais.

Tainá estava dividida entre a impaciência de entrar na avenida e o receio de a menina não chegar a tempo. Saiu da ala mais uma vez, foi até a entrada, deu uma olhadinha. Dandara não estava. Voltou à ala. Componentes taparam o buraco que Tainá criara quando deixou a ala e só tinha um lugar na lateral direita. "Melhor assim", pensou. "Será mais fácil sair para acolher a menina." Tirou mais uma vez o celular de dentro da fantasia para olhar a hora.

Os fogos anunciando o início do desfile foram disparados às nove e meia em ponto. "Tranquilo", disse Tainá para si mesma. "Ainda dá tempo." Na ala se sentia um fervor verdadeiro. Mesmo ainda estando longe do início da pista, os componentes começaram a cantar e dançar.

O desfile estava começando a se mover, como uma cobra gigante. Os carros em frente já estavam avançando, enquanto as alas traseiras ainda estavam imóveis. A comissão de frente, o casal de mestre-sala e porta-bandeira já devia ter entrado na avenida. A porta-bandeira era uma moça de uma comunidade que começara desfilando de passista. Tinha subido os degraus aos poucos, com muita dedicação e muito trabalho, até conseguir este posto emblemático, cujo titular todos invejavam ou admiravam, mas também examinavam de perto. Não dava mais para ela chegar de short e de chinelos na quadra. Representava muito mais do que ela mesma, até nos seus momentos vagos. Tainá a admirava e se indignava ao mesmo tempo.

O carro alegórico do Congresso começou a se mover e os componentes da ala o seguiram. Tainá deu uma última olhada no celular. Depois fechou a sua mente a tudo o que não fosse o seu papel no desfile.

Uma vibração passava de uma pessoa para a outra. Tainá se sentia sintonizada com os outros componentes. Avançavam no mesmo passo, cantando o mesmo samba, focados no mesmo objetivo. Todos eram um.

Chegou o momento de virar noventa graus para entrar na avenida, uma manobra particularmente delicada. Tainá, que se mantinha toda à direita, só devia girar sobre si mesma enquanto os componentes localizados na extremidade esquerda da ala deveriam fazer um grande arco, e cada um, no meio, adotar um passo diferente, de acordo com a sua localização, para manter o alinhamento. Tainá já vira alas se desbandarem enquanto viravam. A diretoria da agremiação insistira muito nesta manobra. Praticaram-na inúmeras vezes durante os ensaios de rua, aproveitando que a quadra ficava numa esquina.

Tainá virou a cabeça enquanto girava. Alguns componentes pareciam perdidos e alguns buraquinhos se abriram, mas foram rapidamente tapados. A ala se encontrou no sentido certo, com o Sambódromo em frente. Foi como sair de um porão escuro num dia de sol e de festa. O som da bateria estava alto e o canto dos componentes amplificado pelas caixas de som. À esquerda, os torcedores da arquibancada um, reservada às comunidades, gritavam e cantavam para apoiá-los. À direita, uma linha de oficiais e de jornalistas os enxergava. E acima, as luzes. Só faltavam algumas dezenas de metros para passar a linha que marcava o início oficial do desfile.

Passaram frente à bateria, que ainda ficava no primeiro recuo, perpendicularmente ao desfile. Tainá aproveitou-se da sua localização na lateral da ala, do lado certo, para dar uma olhadinha rápida e ver se conseguia enxergar Gabriel, sem sucesso.

Cruzaram a linha do início. Dos dois lados, as arquibancadas se erguiam como duas falésias íngremes, cheias de dezenas de milhares de espectadores e de torcedores. Tainá notou que o samba da escola pegara; o refrão era cantado com gosto nas arquibancadas. Era um apoio inestimável, como uma esteira rolante que os trazia para frente. Depois de cinquenta metros, pararam. A comissão de frente devia estar apresentando a sua coreografia para a cabine de jurados dos setores 6/7. Eles mesmos estavam frente à primeira cabine e Tainá aproveitou para sambar, embora estivesse do outro lado da avenida. Os espectadores das frisas gritaram encorajamentos para ela, alguns a filmavam.

Depois de alguns minutos, começaram a se mover novamente. Em cima deles, o drone da televisão ia e voltava e se podia ouvir o som do helicóptero. Tainá estava super focada. Devia pensar em manter o alinhamento, em cantar sem tropeçar neste verso que sempre confundia com outro, naquela sandália que queria viver a própria vida e deixar seu pé. O tempo passava simultaneamente muito devagar e muito rápido. Devagar, porque cantar no topo dos seus pulmões, se mexer, demonstrar entusiasmo e sambar com um esplendor pesado nas costas gastavam muita energia, que ia buscar bem no fundo de si mesma. Rápido, pois era o momento que esperaram o ano todo, para o qual passaram centenas de horas se preparando, um momento à parte da vida, no qual se atuava fora de si e que, em menos de uma hora, já teria passado.

22h

Baixou a cabeça e viu a linha que marcava o meio da avenida. Os espectadores das primeiras filas das frisas estavam eufóricos. Tainá fazia corações com os dedos para eles, levantava o polegar, se aproximava quando alguém estava tentando incluí-la numa selfie. Era a primeira vez que desfilava na lateral de uma ala e estava gostando da experiência.

De repente surgiu uma câmera de televisão, da direção oposta, no meio dos componentes. Todos redobraram o entusiasmo, sambando, cantando. Alguns mandavam beijos, como estrelas de cinema.

Passaram em frente a outra cabine de jurados. No carro alegórico, as jovens negras congressistas e deputadas sambavam, jogando os papéis das suas pastas no ar. Ventiladores instalados no carro os faziam planar no ar, como um cardume de arraias brancas, que os projetores destacavam no céu escuro. Tainá ficou muito emocionada. Era a marca da escola: ideias simples, mas lindas, para driblar a falta de dinheiro.

Na ala, a disciplina começava a afrouxar-se. O alinhamento não era tão nítido como na primeira parte. Um buraco se abriu em frente a Tainá, como se um componente tivesse sido aspirado para frente. Um harmonia de ala que acompanhava o desfile ao lado deles gritava, fazendo grandes gestos, mas era difícil ouvi-lo. "Caramba", pensou Tainá, "já está na hora de acabar."

Ainda bem que o final estava perto. Depois da última cabine do júri, alguns componentes pararam de dançar. Caminhavam. O alinhamento se tornou ainda mais impreciso. Tainá, por sua conta, buscou sua última força para sambar, por respeito pelo público dos dois últimos setores, que merecia, tanto quanto os outros, ver um lindo espetáculo.

Sentiu um grande alívio ao cruzar a linha que marcava o fim da pista. E um grande vazio também. Era todo ano assim. Já passara. Teria que esperar mais um ano para desfilar mais uma vez.

As alas se descompunham, cada um indo para o seu lado. Aguadeiros distribuíam copos e Tainá bebeu dois, olhando o Arco da Apoteose iluminado de roxo e laranja. Esta vista a emocionava todo ano. Parabenizou vários componentes da ala, cumprimentou alguns oficiais da escola. Cruzou o caminho de Seu Davi e ficou tentada a desviar o olhar, mas este já a vira e, para a surpresa dela, levantou o polegar.

— Ótimo desfile, parabéns!

Tainá agradeceu a ele e foi se juntar com a turma do Jonas, que se agrupara um pouco mais adiante.

— Parabéns — comentou. — Vocês mandaram muito bem!

— Você que arrasou! — respondeu Leon.

A opinião dos amigos sobre o desfile era muito positiva. Parecia-lhe que fora do afrouxamento do final, tudo rolou muito bem. O público se empolgara, o que sempre era um bom sinal. Mas também sabiam que só viram uma minúscula porção de uma performance gigantesca, e que, se algo tivesse dado errado em uma outra ala, se um carro se tivesse atrasado, se um buraco se abrira na frente dele, se a porta-bandeira tivesse cometido um erro, longe de seus olhos, poderia pesar no resultado.

Compraram cerveja de um ambulante, a mais merecida do ano.

— A satisfação do trabalhador que acabou o seu serviço — comentou Tainá.

Brindaram, prometendo se encontrar na quadra para assistir aos resultados na televisão, na Quarta-Feira de Cinzas.

— Tá ligada que vamos assistir os outros desfiles no setor três? — perguntou Jonas. — Você pegou uma entrada?

— Não, mas de qualquer jeito, não posso — respondeu Tainá. — Preciso ir à Cidade do Samba para pegar a van.

— Fica de boa, tá segura lá — comentou Leo.

— Eu sei, mas preciso acreditar que realmente foi achada. Quero olhar a van, encostar nela e devolver na padaria para poder ficar realmente tranquila.

— Falou. Melhor ir rápido, então — respondeu Anderson.

Dirigiram-se para a saída. Pararam para tirar as fantasias e deixá-las em frente a um caminhão para o qual seriam carregadas.

— Há vinte minutos éramos os reis do mundo, com televisão filmando a gente, turistas que queriam tirar selfies, milhares de olhares sobre nós e, de repente, voltamos a nossa condição de Zé Ninguém — notou o namorado da Cristiane.

— É sempre assim, parceiro — respondeu o Jonas. —Tem que se conformar. Mas as memórias ficam na sua mente. E isso não se pode tirar como se tira uma fantasia.

Caminharam com Tainá quatrocentos metros antes de se despedirem dela. A turma foi para as arquibancadas e ela parou um táxi. Foi somente quando já estavam a caminho da Cidade do Samba que se lembrou da menina do Dois Irmãos. Pegou o celular, quis ligar para ela, mas a bateria estava vazia mais uma vez.

Voltou a pensar no Sambódromo. Agora era a vez da Vila Isabel desfilar. Ah, como teria gostado de assistir com a turma do Jonas, lá na arquibancada! Mas os preços eram bem altos, fora de alcance para uma estudante da Zona Norte. Ainda bem que os outros conseguiram entradas. Será que tinham algum macete para se beneficiar de descontos? Teria que perguntar ao Jonas. Conhecendo-o, era bem possível.

De qualquer jeito, se ela se apressasse, talvez conseguisse chegar a Madureira a tempo para o início do desfile seguinte. Quem era? Salgueiro ou Tijuca? Não lembrava.

A Cidade do Samba estava deserta. Os seguranças pareceram um pouco surpreendidos de ver um táxi chegar, mas Tainá explicou o assunto e um deles levantou o polegar.

— Sim, nos informaram. A van está lá no fundo, em frente ao barracão da Madureira.

O coração de Tainá disparou quando enxergou a van. Aqui estava ela! O pesadelo, enfim, acabaria! Pagou o motorista com as suas últimas notas e abriu a porta. Queria beijar a carroceria, o assento, o volante. "Van, vanzinha do meu coração, quem diria que eu estaria tão feliz de te ver?" Era ainda melhor do que um suco de cupuaçu, do que uma canção de Marina Iris, do que desfilar, do que um belo orgasmo! Era... era... Lágrimas brotaram dos seus olhos. Como uma chuva paraense, o jato de água de Genebra, a abertura das comportas de Itaipu. Parecia que ela estava derretendo como um cubo de gelo e que no dia seguinte os funcionários só achariam uma poça ao lado da van, que se evaporaria pouco a pouco ao sol do verão carioca.

Terceira parte

Ronildo

10h

Caraca! Que noite! Sentado no chão, as costas contra uma caixa de madeira, ao lado do seu priminho Chico, a cabeça ainda virando e com uma fome que rasgava seu estômago, Ronildo tentava colocar um pouco de ordem em suas lembranças. Há anos que Chico e ele queriam integrar o bate-bola da Sereia. Provavelmente por influência do tio Ataulfo. "O bate-bola é a verdadeira tradição Carnavalesca", costumava dizer. "As escolas de samba viraram espetáculos para turistas e muitos blocos também. Mas o bate-bola é coisa nossa. Vem do povão, existe só por e para ele."

Não foi fácil juntar o dinheiro das fantasias. O dono da oficina mecânica, onde Ronildo fora empregado durante dois anos, não tinha mais nada para lhe oferecer. "É a crise para todos, companheiro", explicara. "Já sei que você trabalha bem, e teria gostado de poder mantê-lo na empresa, mas, se não tenho mais clientes, não preciso nem do melhor lanterneiro do mundo, mermão!" Ronildo e Chico conseguiram uns bicos aqui e ali. Trouxeram caixas da Central de Abastecimentos, em Irajá, sacos de cimento para obras do bairro, fizeram algumas entregas para negociantes, venderam bolos na rua.

Mesmo assim, o dinheiro estava longe de bastar. Parte dele estava destinado a contribuir para as despesas das famílias; restava pouco. Ronildo tentou pedir emprestado o que faltava para várias pessoas, sem sucesso. A família não tinha como ajudar; já tinha que arcar com as despesas para tratar da saúde do avô. Os amigos e os vizinhos não tinham condição — pelo menos, foi o que disseram. Foi só quando ficou bem claro que não tinha mais solução que Ronildo resolveu visitar o Marlon Brando, sem dizer a ninguém.

O comum era recorrer aos serviços do negociante só quando realmente se precisava. Era dono de algumas lojas de roupas e, paralelamente, emprestava dinheiro e resolvia problemas, graças às suas numerosas relações. Desempenhava ao mesmo tempo o papel de banco e o de despachante da comunidade. A proximidade dele, tanto com o tráfico quanto com a polícia, era conhecida, embora não se soubesse exatamente o que tricotavam juntos.

Marlon Brando não hesitou em conceder o empréstimo. Nem perguntou para que o moço precisava da grana. "Aqui não é Casas Bahia", costumava dizer. "Zero papelada e zero inadimplência." Foi assim que conseguiram pagar as fantasias. Chico soube que parte do montante fora emprestado e precisaria ser devolvido. Não perguntou por quem. E Ronildo ainda não sabia como juntariam verba para pagar a dívida.

Mas valeu a pena! A fantasia era realmente linda e a noite foi irada. Começaram soltando balões. Rodearam os bairros vizinhos, correndo e batendo no chão com suas bexigas. Fingiram perseguir as crianças, que fugiam, meio apavoradas, meio divertidas. Soltaram foguetes e assobiaram em apitos, fazendo uma algazarra que faria tremer o próprio diabo. Acenderam uma grande fogueira. Em suas fantasias, Ronildo e Chico se sentiam celebridades. Era como se, vestindo-as, trocassem de pele. Transeuntes, ao vê-los, tiravam fotos e gravavam vídeos com seus celulares. Os primos posavam de bom grado, fingindo uma atitude ameaçadora que fazia os transeuntes recuarem, rindo.

Houve um momento de tensão quando cruzaram com a Turma Exaltação. Desafiaram-se no olhar; os membros da Sereia agitaram as suas bexigas, os da outra turma, as suas sombrinhas, até que o líder da Sereia abraçou o da Exaltação. Decidiram juntar-se. Assim, a turma cresceu subitamente, compensando as famílias que já haviam voltado para casa e antes que perdessem outros membros, uma vez que o cansaço já cobrava a sua taxa.

Quem teve a ideia, enquanto o amanhecer repintava o céu em tons mais claros, de fazer uma pausa num galpão de

Quintino Bocaiuva, cujo segurança era chegado de um deles e os deixaria com certeza descansar lá, se alguém lhe descolasse um guaraná? Estava apenas a cem metros, o que convenceu os mais relutantes. Lá, encontraram umas lonas para estender no chão e servir de cobertas. Enquanto o segurança assistia ao final dos desfiles no Sambódromo, todos caíram no sono.

E agora os dois primos estavam lá, um pouco atordoados, mas orgulhosos de terem vivido à altura da reputação da Turma da Sereia. Alguns membros ainda dormiam, outros estavam acordando. Ronildo, já de pé, sentia a fome crescer.

— E aê, bro! Tô cheio de fome — falou para Ednilson, o líder da Turma da Sereia.

— Vai perguntar pro mestre o que tem perto daqui.

Tinha uma lanchonete e uma padaria a duas quadras dali, informou o segurança. Ednilson sacudiu os que ainda estavam dormindo. Esperou que todos estivessem sentados para começar um discurso, em voz alta e firme.

— Bom dia, parceiros! Espero que tenham dormido bem. Quero parabenizar a todos por esta saída sinistra! Vocês estão ligados que essa noite vai ser a minha última, né? Vou procurar trabalho em Portugal. Vou sentir saudades pra caramba. Se nesta rapaziada tiver um brother capaz de puxar a turma, vou dar a maior moral lá da Europa. Enquanto isso, quero agradecer a cada um de vocês pelos anos irados que vivemos juntos. E também à Turma Exaltação, por compartilhar esta penúltima saída com a gente. E finalmente ao João, que nos acolheu neste galpão. Mas não vamos nos despedir deles com a barriga vazia. Vamos comprar um rango. Quem puder contribuir, contribui.

Os jovens procuraram debaixo das suas fantasias. Ednilson coletou o dinheiro e se virou para Ronildo.

— Dá uma moral aê, campeão; vai à padaria com seu primo e compra tudo o que der.

— Já é!

Saíram com mais dois rapazes. O sol já batia forte. As fantasias da turma eram grossas e pouco adaptadas ao calor da manhã. Ronildo começou a suar. Felizmente, a padaria estava próxima, conforme a indicação do segurança.

— Aê! E se a gente, tipo, tomasse alguma coisa antes de comprar a comida? — propôs um dos jovens.

Sentaram-se ao balcão e Ronildo pediu duas vitaminas de abacate com leite. Os outros pediram um cafezinho e uma cerveja. Engolidas as bebidas, foram à padaria e pediram bisnagas, mortadela, queijo, cervejas e garrafas de dois litros de Guaravita.

No galpão, a rapaziada já estava bem animada. O segurança preparara café preto. Os membros das duas turmas aplaudiram a chegada dos primos e se sentaram em círculo, misturados. Todos pareciam estar com tanta fome quanto Ronildo ao acordar, jogaram-se sobre a comida. As bisnagas e os seus recheios sumiram num piscar de olhos. "Ainda bem que tomamos vitamina", pensou Ronildo. "Não sei se isso teria bastado para matar minha fome."

— Pô! Foi da hora! — comentou alguém.

— Cadê o som, moleque? — perguntou Ednilson.

Um integrante mexeu em seu celular e a batida do funk fez logo vibrar seu viva-voz.

11h

Satisfeita, a galera relaxou e começou a falar dos eventos da noite. Todos concordaram que fora uma saída irada, que ficaria na memória. Cada um tinha uma história para contar, um detalhe para acrescentar.

Um lado de Ronildo se sentia orgulhoso de ter participado. Outro ficava imune à alegria e à satisfação. Conseguira afastar as suas preocupações durante a noite toda, até o início da manhã, mas agora, que estava acordado e satisfeito, elas voltavam com mais força. O Marlon Brando lhe mandara um recado dois dias antes. Queria o seu dinheiro para o final do mês, ou seja, dentro de uma semana, "conforme o combinado" (porra, o que era isso? Ronildo não lembrava de ter fixado um prazo com ele). E também apresentou um cálculo que incluía juros, o que Ronildo não previra. A dívida de repente se tornara mais urgente e mais alta. De que forma iriam juntar tanto dinheiro em tão pouco tempo? Pedindo emprestado a outra pessoa? Mas se soubesse a quem, teria feito isso diretamente em vez de pedir ao Marlon Brando. E não seriam os bicos na Central de Abastecimentos que bastariam.

— Chico, a gente precisa trocar uma ideia — anunciou.

— O que foi?

— Depois te falo. Quando a gente tiver sozinho.

Teria preferido deixar o primo de fora, mas não via como resolver aquilo sozinho. Chico ainda era bem jovem, mas quem sabe? Talvez tivesse alguma ideia.

A turma relaxou um pouco antes de sair. Alguns acenderam cigarros. Outros mexeram no celular. Ronildo ficou afastado, remoendo os seus pensamentos. Tudo considerado, será que realmente valeria a pena? Agora que um novo dia chegara, todas essas saídas com a turma lhe pareciam um pouco irreais. Como se as tivesse sonhado ou as tivesse visto na televisão. Valia a pena arriscar problemas com o

Marlon Brando por algumas lembranças e algumas histórias para contar no bairro?

— Vamos meter o pé, galera! — anunciou Ednilson, levantando-se.

As duas turmas se prepararam para acompanhá-lo. Cada um juntou os elementos da sua fantasia, sua bexiga, seu bolero, seus adereços. Os membros se despediram do segurança. Na porta, Chico puxou Ronildo pela manga.

— Marca um dez aí, cara. Preciso ir ao banheiro.

O segurança o deixou usar o do escritório enquanto Ronildo continuava a remoer o seu problema. A parada tava complicada. Seria possível achar alguém que quisesse comprar as fantasias? Alguns dias atrás, talvez, mas agora que o Carnaval estava acabando, ninguém estaria interessado. Será que tinham alguns objetos para vender? Os seus celulares? Era uma opção, mas duvidava muito que fossem suficientes. Não tinham nada que valesse muito.

— O que tá fazendo o teu amigo? — perguntou o segurança.
— Dormiu no banheiro ou o quê?

Ronildo foi bater na porta.

— Chico? Tá de boa?

— Cagando. Pera aí.

Chico precisou de mais alguns minutos para sair.

— Mó dor de barriga! — explicou, visivelmente envergonhado.

— Tá de chico, Chico? — brincou Ronildo.

— Coé, maluco? Deixa de ser pela.

Foram na direção da estação de trem, que o segurança indicara. Os outros já haviam sumido.

— A gente tromba com os parça na plataforma — disse Ronildo.

O calor estava ainda mais forte do que quando foram comprar a comida. Andavam devagar, na sombra. Ronildo hesitava em falar agora das exigências de Marlon Brando. "Quente demais", disse para si mesmo. "Vamos esperar um lugar um pouco mais confortável." Aliviado de ter achado uma boa razão para adiar a conversa, voltou a falar do bate-bola.

— Cê viu que não tem nada de malandragem, como imagina nego da Zona Sul? Será que criamos confusão? Que nada, é só o nosso jeito de brincar o Carnaval. Oh, vou te falar, não se deve prestar atenção no que passa na televisão. Só se interessa na gente quando tem briga ou tiroteio, tá ligado? O resto do tempo, não tá nem aí para a nossa cultura.

Chico não respondeu. Andaram mais um momento em silêncio, antes de Ronildo perguntar:

—Tirou umas fotos maneiras?

— Algumas.

— Também de quando a gente trombou com a Exaltação? Eu tava tão tenso que esqueci até que tinha celular.

Chico respondeu com um resmungo indistinto.

— Coé, menor?

— Nada.

Ronildo o parou, num gesto autoritário.

— Fala, véi! Desembucha!

— Preciso ir ao banheiro — respondeu Chico, olhando para o lado.

— De novo, moleque? Fala sério!

—- Sem caô! Acho que aquela vitamina não caiu bem, não.

Ronildo olhou ao redor. Não tinha bar, nem lanchonete. Só um motel.

— Não dá pra segurar até a estação não, brother?

— Guento não, mermão. Tô malzão, na emergência mermo.

— Então bora ver no motel se te deixam usar um banheiro.

Ronildo colocou uma nota de dois reais sobre o balcão.

— Coé, brother, beleza? Pode me dar uma moral? Meu primo precisa de um banheiro. É meio que uma emergência.

O recepcionista, que parecia totalmente absorvido por um show do Capital Inicial na televisão, pegou a nota e indicou uma porta, sem tirar os olhos da tela. Ronildo esperou, mas logo ficou incomodado. Ele era do funk, não disso. Caralho! Não gostava do som das guitarras e achava que o rock carecia de ritmo. Saiu para escapar da música. Dois carros e uma van estavam estacionados em frente ao edifício. Examinou a lataria com um olhar profissional. Baixou os olhos. E logo o seu coração ameaçou explodir. Olhou mais uma vez. Não, não se enganara. As chaves estavam no chão, abaixo da porta. O motorista as devia ter deixado cair do bolso ao sair. Sentiu uma grande excitação, seguida de uma onda de medo. Ali estava a solução para o seu problema! Mas nunca fizera algo como roubar uma van e temia seguir um caminho que podia levá-lo a terras perigosas. Não tinha nada de ladrão! Era um moço tranquilo, que tratava de evitar confusões e gostava de tomar uma cerveja com os amigos, assistindo a uma partida do Brasileirão. "Tudo bem, não precisa resolver nada agora mesmo", pensou. "Pode esperar até a volta de Chico." Tratou de ponderar os prós e contras de roubar a van, mas as suas emoções eram tão fortes que não conseguia pensar serenamente. A mente dele era um redemoinho, seu peito, uma confusão. Uma ideia substituía a outra, sem deixá-lo chegar a conclusão alguma. A falta de sono e a ressaca não ajudavam. Sua cabeça doía. Suas pálpebras pesavam quilos. Podia sentir o sangue encher e esvaziar a veia do seu pulso. E, de repente, percebeu que estava molhado de suor.

12h

— Caramba, espero que agora tenha acabado — disse Chico, saindo do motel.

Sem pensar, como movido por uma força externa, Ronildo subiu na van e abriu a outra porta.

— Bora!

Chico ficou congelado. Se Ronildo tivesse se transformado numa borboleta gigante, seu semblante não estaria mais surpreso.

— Caraaca, maluco! Tá de zoação?! Que parada é essa, bro?

— Sobe, cara. Te explico depois.

— Mas de quem é essa van?

— Suave, mermão. Já vou te contar. Vai entender tudo. Agora, sobe!

Quanto mais Chico hesitava, mais Ronildo se sentia resoluto. A voz dele, que estava trêmula vinte segundos atrás, se tornara firme. Chico se sentou ao lado do primo. Este arrancou em direção ao centro. Dirigiu um momento em silêncio antes que Chico perguntasse:

— Que porra de parada é essa, cara? De quem é essa van?

Ronildo suspirou.

— Aê, primo, pega a visão. Tamos na merda e essa van é a única coisa que pode salvar a gente.

O rosto de Chico mostrava a mais total incompreensão. Ronildo contou sobre a visita a Marlon Brando, o empréstimo, o recado que recebera. Chico ficava boquiaberto. Tinha o rosto de quem acabou de se inteirar de que o seu verdadeiro pai não é o esposo da mãe, mas um dinossauro.

— Então, vamos primeiro olhar o que está atrás. E depois vamos pensar em como vender a van.

— Caralho, maluco! Tu tá ligado no risco dessa parada?

— E você, tá ligado em quem é Marlon Brando?

Chico não respondeu, mas a reprovação se lia no seu semblante. Ronildo dirigia rapidamente, nervosamente. Virou numa pequena viela à direita que, depois de pouco, começou a subir.

— Pra onde a gente tá indo?

— Para um lugar maneiro onde podemos tirar as nossas fantasias e olhar o que tem na van.

Chico se aconchegou no seu assento, como um bebê amuado.

— Fica mec aí, sangue bom! Vai dar tudo certo. E se a gente conseguir vender a van, vamos ganhar muito mais do que a gente precisa para pagar o Marlon Brando. Ainda vamos ficar com grana pra cacete.

— Não quero esse dinheiro, ô vacilão. Se liga! Eu não sou bandido.

— Eu também não, cara. Mas isso é uma emergência.

As casas se tornaram cada vez mais raras e logo entraram na Floresta da Tijuca. Ronildo se sentia um pouco frustrado.

Fizera tudo, achara o dinheiro para as fantasias, a solução para pagá-las, e tudo o que o Chico fazia era reprová-lo. Porra! Por acaso tinha uma ideia melhor?

Ronildo parou a van na entrada de uma trilha e saltou. Olhou, perplexo, os instrumentos de percussão usados, com o brasão de uma escola de samba e os sacos de plástico. O que tinha dentro? Abriu um. Elementos de uma fantasia. Merda. O que podia fazer com isto?

— E aí, o que achou? — perguntou Chico.

Olhou os instrumentos, o saco aberto.

— Parabéns, mané! Ganhou na loteria! — exclamou com um tom sarcástico. O que vamos fazer com essa porra? Uma escola de samba? Unidos da Camioneta?

— Vamos pensar.

Ronildo tirou sua fantasia e se afastou um pouco. Respirou profundamente, como aprendera no jiu-jitsu, para tratar de acalmar-se. Olhou as árvores, escutou os sons da mata. Pássaros cantavam, abelhas zumbiam, e outros barulhos que não conseguia identificar. Como será que só a alguns quilômetros de bairros vibrantes e caóticos podia ter um mundo tão diferente, onde estava incapaz de saber o que produzia este *pic poc pic*?

Virou-se bruscamente e voltou à van. Examinou a carroceria, sentiu-a e se abaixou para ver de perto o logotipo da padaria.

— Já sei. Vamos vender os instrumentos de percussão. Não devem render muito, mas com essa grana a gente pode comprar o material pra pintar a van, apagar o logo da padaria e fazer esses altos relevos desaparecerem. Assim a gente pode conseguir um bom preço nela e pagar o Marlon Brando. Que que tu acha?

— E tu pensa em vender os instrumentos onde?

— No centro, cara. Na Carioca tem um monte de lojas de música. Não tem como nenhuma se interessar em comprar instrumentos com um desconto! Diz pra mim...

— Mesmo roubados?

— Chico, se liga, parceiro! Tamos no Brasil, não na Suíça! Vamos dizer que a escola tá, tipo, renovando o material. Se o preço for bom, não vão querer saber de porra nenhuma de onde veio.

Dentro dele, algo lhe dizia que talvez as coisas não fossem tão simples. Mas afastou da mente esse pensamento. Se ele mesmo não fosse otimista, quem o seria?

Deram meia volta. Ronildo estava menos nervoso. Começava a gostar do seu plano. E também a ter boas sensações com a van. Dirigira muitas dessas quando trabalhava na oficina. Apreciava mais algumas do que outras, nem sempre podia explicar por quê. O som do motor, uma boa sensação no acelerador, a embreagem. Ao seu lado, Chico ainda estava calado, o semblante fechado, mostrando silenciosa, mas ostensivamente, a sua reprovação.

— Fica de boa, menor, vai ficar tudo bem. Pode pá.

— Tá perdendo a linha, meu chapa. Caraca! Tu tá achando que tá na Disney!

— Tô não, moleque. Quanto mais penso, mais acho que esta van foi um presente do céu.

— Beleza! Deus em pessoa criou esse "presente" de uma costela de um caminhão, especialmente pra você. Ô, cara, te manca, né?

— Para de ser pela saco, porra! Dá uma moral! Qual é a sua solução pro Marlon Brando?

— Mas como é que você pôde ser tão mané para lidar com ele, brother?

— O que já tá feito não dá pra mudar. Agora, responde a minha pergunta. Qual é a saída dessa parada?

— Não sei, cara. Fazer uns bicos, pedir dinheiro emprestado pra outras pessoas... Mas roubar uma caminhonete? É vacilo demais, porra!

— Já pedimos para a família e os amigos, não rolou. E os bicos, tu tá ligado que não bastaram. E aí?

Chico ficou em silêncio.

— E aí? — repetiu Ronildo com um tom mais firme.

Deixou passar alguns segundos.

— Então, mermão, se tu não tem melhor solução, para de reclamar. Vamos resolver essa parada juntos, como entramos juntos no bate-bola.

Chico não respondeu e ligou o rádio. Achou uma estação de rap. A voz de Buchecha logo encheu o veículo:

> *Não é bobagem*
> *Usufruir das circunstâncias no amor*
> *Você me faz perder o medo*
> *Então vou*
> *Vou me dar ao calor*
> *Me entregar com fervor*

Ronildo pensou na Ayla, na sua pele cor de chocolate, nos seus cabelos cacheados, nos seus olhos risonhos. Ele não era como o cara da canção, ainda não conseguira superar o seu medo. Ficara muito tímido durante os dois primeiros encontros. Mas a próxima vez seria diferente! Agora, era um membro de uma turma de Clóvis. Poderia contar os eventos da noite e, sem dúvida, ver admiração no rosto dela. Talvez, antes de vender a van, teria tempo para levá-la para um passeio na Floresta da Tijuca? Até na famosa Vista Chinesa, que só conhecia da televisão? Ou até a Pedra Bonita? E se conseguisse grana para convidar a moça num destes botecos famosos da Zona Sul? Um jantar a dois, depois de um lindo passeio... claro que ela não ia resistir.

— Então, como vamos fazer? — perguntou Chico.

— Como te disse, vamos numa loja e vamos oferecer os instrumentos por 20 ou 25% do preço!

— E tu sabe qual é o preço?

— Não sei, não. Mas vamos conferir lá, no Centro.

13h

À medida que falava, Ronildo sentia crescer a euforia.

— Quem sabe? Se conseguirmos um bom preço, talvez a gente nem precise vender a van. E podemos começar um negócio com ela.

— Que tipo de negócio, maluco?

— Não sei, cara, entregas, passeios, transporte... Vamos pensar nisso.

— Ô!... Pega leve! — disse Chico. — Ainda nem vendemos o primeiro pandeiro e tu tá sonhando.

—Valeu, cara, você tem razão. Um passo de cada vez. Por partes, igual Jack, o Estripador.

Mas no fundo, ele não podia parar o redemoinho de seus pensamentos. Sempre gostara de assistir a programas sobre empreendedores saídos do nada, como esse ex-garçom nordestino e analfabeto que comprara o Bar Belmonte e replicara seu conceito em diversos bairros, para criar uma rede de botecos dos mais famosos no Rio. E sempre quis imitá-los e virar dono do seu próprio negócio. Parecia-lhe a coisa mais excitante que se podia imaginar. Não esperar que alguém te pague, mas criar o seu próprio emprego. Crescer o negócio e fornecer trabalho a outras pessoas. Entrar na empresa e pensar: "tudo isso fui eu que criei". Cumprimentar os funcionários e dizer para si mesmo: "é graças a mim que eles e toda a família se sustentam". Não ter patrão, tomar as grandes decisões ele mesmo. Ser respeitado. Ouvir as pessoas falarem de Seu Ronildo com admiração na voz. Era isso que queria da vida.

Porra! Seria bem melhor conseguir reembolsar o empréstimo sem ter que vender a van. Quem sabe? Talvez em vinte anos, quando fosse um negociante estabelecido, contaria a parada toda para Marlon Brando. Ele, nesta altura, já estaria aposentado. “Lembra daquele empréstimo que me fez? De repente, me pediu para te pagar dentro de dez dias, acrescendo juros, sem ter falado disso antes. Me colocou numa encrenca sinistra! Te detestei por isso e até hoje não entendo como pode se fazer isso com um moleque de dezenove anos, que nunca procurou confusão.”

Marlon Brando estremeceria, entendendo que ofendera gravemente o jovem que se tornara um dos negociantes mais poderosos da Zona Norte, dono de mais de dez oficinas e de vários outros negócios. Ronildo poderia ler o medo no rosto dele. Inversão de papéis bem merecida, pensaria. Marlon Brando assustara tanta gente em sua vida que seria a sua vez de se assustar. Ronildo o teria deixado neste estado uns minutos. Não tinha um conto assim, sobre o elefante que falta com o respeito a uma rata e que se dá conta do seu erro quando a rata está em posição de ajudá-lo, mas recusa? Marlon Brando teria lamentado ter se comportado como um elefante arrogante. Ronildo examinaria o rosto do velho, enfiando os seus olhos bem profundamente nos olhos dele. E, só quando tivesse ficado bem claro que Marlon Brando estava se cagando de medo, acrescentaria: “Mas te perdoei, porque foi procurando esta grana que comecei a minha carreira. Finalmente, se comportando como uma merda, me deu o impulso que precisava." Ou será que Marlon Brando não merecia ser perdoado tão facilmente?

— Chico, o que vai fazer com a sua parte do dinheiro, se sobrar?

Chico, tirado do seu devaneio, se levantou.

— Não sei. E você, o que vai fazer se o dinheiro não der?

— Deixa de ser pela, moleque. Vai dar tudo certo.

"Porra, preciso ensinar ao menino a ser mais positivo", pensou Ronildo. "Tomara que essa experiência sirva para isso também." Seria super bacana, porque nos seus sonhos os dois se tornariam sócios. Em quem pode confiar mais do que no seu próprio primo? E, no negócio, a confiança era fundamental. Já ouviu histórias demais de empresas falidas pelas brigas dos proprietários. Mas Chico tinha realmente que aprender o otimismo. Um empreendedor não se pode deixar frear pelas dúvidas e pelo medo de falhar. Deve ter um objetivo e fazer o necessário para cumpri-lo.

O trajeto foi muito difícil. As ruas estavam cheias de foliões que atrapalhavam o trânsito, e encontraram várias ruas fechadas, o que os forçou a fazer desvios. Mesmo assim, conseguiram chegar ao centro.

— Onde estamos? — perguntou Chico.

— Deve ser Gamboa ou Saúde. Olha no GPS.

— É isso mesmo.

— E, já que está mexendo no celular, vê se acha um estacionamento perto da Tiradentes ou da Carioca.

Chico mergulhou em seu aparelho.

— Achei! Tem um rotativo em frente, Rua... Rua... Senador Dantas.

— Não sei onde fica. Pega o meu telefone e digita o endereço no aplicativo de roteiros. O do logotipo laranja.

Ronildo seguiu as indicações da voz sintética, passando turistas que tiravam fotos de um buraco cheio de antigos blocos de pedra e foliões chegando da direção de Uruguaiana. "Será que tem bloco marcado na região portuária?", pensou.

— Qual é o nome daquele megabloco que curtimos no ano passado? — perguntou Chico.

— O Bloco da Preta.

Ronildo se lembrou daquele dia. Saíram de casa bem cedo para chegar com antecedência na frente do Palácio Tiradentes, onde estava marcada a concentração. Chico, que nunca tinha assistido a um megabloco, ficou muito impressionado com o tamanho dos caminhões no topo dos quais tocavam os músicos. Os dois primos estavam tão perto que puderam assistir à chegada da Preta Gil e dos convidados, dentro do cordão. Reconheceram uma atriz de novela de que gostavam e um cara que já tinham visto na televisão, tipo jornalista ou apresentador. E seguiram o desfile todo dançando no meio de dezenas de milhares de foliões, apesar do calor e do Sol.

— Aquele bloco é pica. Gostei — diz Chico.

— Eu também.

— Será que o dono da van já fez o B.O. na delegacia? — perguntou Chico.

— Não faço ideia.

— Porra, é um prejuízo do caralho para ele. Deve tá boladão.

— Pode ser, mas temos nossas paradas para resolver e não dá pra ficar ligado nas dele também.

— E se a polícia achar a gente?

— Pega leve, menor. Polícia só presta para maltratar e matar preto e pobre, parece até que tu não sabe. Conhece a piada dos grandes jogos interpoliciais?

Chico abanou a cabeça.

— Dizem que a final dos jogos interpoliciais acontece em Manaus, com as tropas de elite de Minas, do Pará e do Rio. O último teste é ir à floresta, sem armas, e trazer uma onça viva de volta.

— E aí?

— Então os policiais do Pará saem primeiro. Passa meia hora, uma hora, hora e meia. Depois de duas horas, voltam com uma onça viva amarrada e pendurada numa vara de bambu.

—Caraca!

— Agora é a vez dos policiais de Minas. Será que vão conseguir ser mais rápidos? Parece impossível, mas quem sabe... Vão embora. Passa meia hora, uma hora. E depois de hora e meia, voltam com uma onça viva amarrada e pendurada numa vara de bambu.

— E agora é o Rio.

— Isso mesmo. Será que vão conseguir fazer mais rápido? Parece impossível, mas quem sabe... Vão embora. Passa meia hora, uma hora, duas horas, três horas. A galera começa a duvidar. Será que aconteceu algo? Resolvem ir atrás deles e os acham facilmente, seguindo as pegadas que deixaram. Estão numa clareira, na frente de uma árvore, os policiais do Rio tão batendo num porco doméstico, gritando: "E agora confessa, filho da puta, confessa que você é uma onça!"

Chico desatou a rir.

— Tomara que não espanquem um mototáxi para fazer ele confessar que a sua moto é uma van de padaria!

— Tudo é possível no Rio...

14h

Ronildo teve que dar a volta no estacionamento duas vezes até encontrar uma vaga. Antes de sair, fez uma lista dos instrumentos no seu celular. Pegou um surdo, um repique, um tamborim e um chocalho.

— Amostra — explicou para Chico. — Não dá pra carregar tudo.

O Largo do Carioca estava bem lotado, apesar de que o céu se cobrira de nuvens ameaçadoras. Rajadas de vento levantavam as lonas das barracas de ambulantes. Polícias controlavam indígenas que vendiam artesanato na calçada. Turistas subiam e desciam do Convento Santo Antônio. Um rapaz estendia panfletos. Pegaram dois. Era propaganda para uma casa de prostituição, com fotos pouco equívocas.

Ronildo jogou o seu fora, mas viu Chico colocar o dele no bolso.

— Tá fazendo coleção? — perguntou.

Chico pareceu envergonhado.

— Nem pensei.

— Mandou bem, moleque. Assim já sei onde vai gastar a sua parte do lucro — continuou Ronildo, rindo.

— Para, mané.

Viraram na rua da Carioca. Ouviram o som de um trovão. Uma gota caiu no nariz de Ronildo, outra na sua testa. Foram seguidas por outras, por mais e logo por um chuvão.

Correram à procura de um abrigo. Empurraram a porta de um restaurante e foi como se entrassem na máquina do tempo. A sala estava mobilada com cadeiras de madeira envernizadas e mesinhas protegidas por guardanapos brancos. Velhas fotos em preto e branco penduradas nas paredes. O piso estava coberto com azulejos octogonais. E os garçons, vestidos de calça preta, batas e gravatas-borboletas, se deslocavam silenciosamente, como deslizando.

— Puxa, é igual àquela novela, *Novo Mundo*, lembra? — diz Chico.

— Lembro.

Ronildo colocou a mão na bolsa. Restava algum dinheiro do empréstimo, mais do que precisava para umas cervejas.

— Sempre fui ligado nessas coisas históricas — diz Chico. Lembra quando o vovô levou a gente ao Paço Imperial?

— Lembro. Foi maneiro pra caralho!

Deixaram os instrumentos no chão e se sentaram em uma mesa, contra a parede.

— Dois chopes, chefe — pediu Ronildo.

Chico não parava de olhar a sala, alargando os olhos.

— Caraca! olha só! — exclamou Ronildo apontando uma placa na parede. — Este bar foi fundado em 1887! Tá escrito aqui: “Bar Luiz, fundado em 1887!”

— 1887? Porra! Ainda era a época colonial?

Ronildo se concentrou para coletar as suas lembranças da escola. Foi o Tiradentes que liberou o Brasil na batalha de Ipiranga contra os Paraguaios, ou algo assim, né? Mas quando?

— Deve ser, sim. Mas se liga aí, não foi fundado por um português, mas por um alemão!

— O que caralho veio um alemão fazer nessa zona que é o Brasil? Cheio da grana lá!

— Vai saber. Talvez fosse um nazista. Teve muitos que se refugiaram por aqui depois de serem vencidos por Napoleão.

— Achava que o Napoleão era mesmo alemão...

— Não, o Hitler que era alemão. O Napoleão era inglês.

O garçom chegou com dois copos de cervejas totalmente embaçados. Os primos brindaram.

— Ao nosso futuro — diz Ronildo.

— Ao nosso futuro — respondeu Chico.

Ronildo ficou muito feliz pela mudança de humor que podia ver no rosto de Chico. Experimentaram os chopes. Estavam gelados e saborosos.

— Quanto você acha que a gente vai conseguir com os instrumentos? — perguntou Chico.

Ronildo pegou o celular e pesquisou nos sites das lojas de música.

— Porra! — disse. — Olha só! Um surdo tá custando de 250 a 340 reais. Se a gente pedir sessenta ou setenta reais, vão nos acolher como Messias!

— Mas e o brasão? Será que vão querer os instrumentos pintados assim?

— E por que não? É uma garantia de qualidade! Você preferiria tocar num instrumento escolhido por uma escola de samba, que já foi na Sapucaí, ou num instrumento anônimo, sem garantia que o bagulho presta?

Ronildo continuou a pesquisa, ditando números para Chico, que os anotava num arquivo. Quando acabaram, este leu tudo mais uma vez e Ronildo digitou os números na calculadora do seu celular.

— Quanto deu? — Perguntou Chico.

— Mil seiscentos e setenta. Dividido por quatro, dá quatrocentos e dezessete ponto cinco. Caralho, não é suficiente pra pagar o Marlon Brando, mas dá pra comprar o material pra pintar o logotipo.

— Pra isso basta uma lata de tinta.

— Chico, se a gente fizer um trabalho de amadores, não vai conseguir vender a van por um bom preço. Precisamos de um trabalho profissa, tá ligado? E pra isso, de bom material.

Quer dizer: lonas, pistola de pintura, tinta, aqueles equipamentos de proteção individual, verniz... Tudo isso vai custar uma boa grana.

"E depois, daria para usar o material para fazer pequenos consertos de lanternagem na comunidade", pensou. Era exatamente o tipo de coisas no qual Ronildo se destacava na oficina. Gostava de preparar tudo cuidadosamente e de se focar na tarefa. Conseguia esquecer tudo. O mundo inteiro se reduzia a um para-lamas ou a uma carroceria. Gostava de ver como, respeitando o material e tratando de entendê-lo, se podia imprimir a sua vontade à chapa. Era como no jiu-jitsu: a força bruta não dava.

Pediram mais dois chopes e beberam em silêncio. Ronildo começava a sentir sono. As suas pálpebras pesavam mais e mais, e seus pensamentos pegavam caminhos cada vez mais imprevisíveis. Voltou a pensar na Ayla, a imagem dela se misturou com a da Floresta da Tijuca e a do motelzinho de Quintino Bocaiuva. Viu-se dono do motel, que ficaria na mata, e apareceu outra vez a imagem de Ayla.

15h

— Mais um chope?

A voz do garçom tirou Ronildo do seu cochilo.

— Não, guerreiro. Valeu, já chega.

— A chuva parou — diz Chico, voltando da porta.

— A conta, por favor — pediu Ronildo ao garçom.

Antes de sair, olharam os preços que tinham marcado para os instrumentos e Ronildo tentou memorizá-los. Não devia hesitar na negociação, devia parecer confiante. Era um representante de uma agremiação fazendo um negócio legítimo.

— Vamos — diz Ronildo. — A grana é nossa.

Entraram na primeira loja de instrumentos que encontraram. Esta vendia instrumentos de todos os tipos: guitarras, violões, cavaquinhos, sintetizadores, saxofones, mas também baterias e instrumentos de percussão, guardados atrás de vitrines.

— Pois não? — perguntou um vendedor, com o rosto interrogativo, como se estivesse surpreso de vê-los chegar.

Era um jovem bem cuidado, com penteado chique.

— Boa tarde, temos instrumentos de percussão para vender.

O rosto do vendedor se fechou.

— Aqui é uma amostra — acrescentou Ronildo.

— De onde os pegaram? — perguntou o vendedor com um tom desconfiado.

Ronildo esperava uma reação do tipo, mas preparara um discurso tão legal que deveria superar qualquer relutância.

— Somos da Unidos de Madureira. Estamos renovando os instrumentos da bateria. Troca de fornecedor, exigência de um de nossos patrocinadores. É tudo política lá na direção da escola. Então estamos nos desfazendo destes e podemos fazer um bom preço.

Ronildo ficou muito satisfeito com a sua fala, que lhe parecia capaz de convencer uma pedra. Mas o vendedor balançou a cabeça.

— Aqui, todo o negócio é de instrumentos novos e com nota fiscal. Só compramos de nossos fornecedores, não de indivíduos — respondeu altivamente.

— Espere — insistiu Ronildo. — Não somos indivíduos, mas representantes de uma escola de samba bem conhecida.

— Então têm identificação e procuração da empresa?

— Para com isso, cara, o pessoal do samba não é de papelada!

— Vocês que vão parar e sair imediatamente, senão vou chamar o segurança.

Ronildo deu de ombros, como se o que havia dito o vendedor não tivesse sentido. Se sentia humilhado, mas nunca o teria mostrado a este rapaz e muito menos ao Chico. Pegou os instrumentos e saiu, esforçando-se para guardar um semblante digno, seguido pelo seu primo.

— Mané! — exclamou na rua.

— Quem, ele ou a gente?

— Não zoa! Não tivemos sorte. Trombamos com o cara errado, o pela da rua, um playboy da Zona Sul que cresceu num mundo paralelo que funciona com notas fiscais. Mas não são todos assim. Vamos ver lá — disse, indicando uma outra loja.

Ronildo catou os restos do seu orgulho e entrou, seguido de Chico. A loja era muito parecida com a primeira: instrumentos variados, nacionais, internacionais, todos novos. Um homem na faixa dos cinquenta se aproximou. "Deve ser o dono", pensou Ronildo. Ele repetiu o seu pequeno discurso. Parecia-lhe que estava ainda mais convincente do que a primeira vez. Gostava particularmente da parte dos patrocinadores e de "tudo é política lá na direção da escola". Parecia-lhe o pequeno detalhe que dava credibilidade a todo o resto. Como podia ser que não tivesse convencido o outro cara?

O dono da loja começou a escutar com algumas marcas de impaciência. Cortou Ronildo antes de ter acabado.

— Acha que está lidando com um imbecil?

— Claro que não, mestre, senão teríamos pedido um preço maior. É uma ocasião única.

— Vão sair da loja agora mesmo, ou vou chamar a polícia!

Ronildo teve que se esforçar muito para ficar calmo. Respirou profundamente e respondeu:

— Tranquilo. Não viemos para armar confusão. Vamos embora.

Mas no fundo se sentia como no dia em que um segurança negou a ele e ao tio Ataulfo o acesso a um bar chique de Copacabana. Não tinham o jeito certo. Se podia adivinhar a quilômetros que não pertenciam ao asfalto. A cor da pele, a roupa, o cabelo, os dentes faltando, tudo os designava como intrusos que vinham romper a suave harmonia na qual os privilegiados gostavam de viver, fazendo de conta que estavam protegidos das realidades que eram o pão quotidiano fora daquele pequeno casulo.

— Acha que esse merdinha teria tratado a gente do mesmo jeito se a gente fosse filhinhos de papai, com roupa de marca? — exclamou. — Caralho, que país de merda!

Menos de dez minutos bastaram para fazê-lo passar do entusiasmo de quem está convencido de estar indo rumo ao sucesso à humilhação de quem acabou de ser rebaixado, pisado, ridicularizado em frente ao seu primo. "Porra, não te deixa abalar por esses arrogantes", pensou. Mereciam ser xingados, mas não era a hora. Devia ficar focado na venda dos instrumentos. A situação era complicada, mas devia ter uma solução. Devia. Só precisava achá-la. O problema era que estava tão confiante no seu plano que achou que funcionaria com qualquer pessoa. Não podia ser. Tinha que encontrar a pessoa certa. Uma que não pertencesse a essa elite que olha de cima para baixo para aqueles que não nasceram em bairro nobre, uma pessoa que tivesse a aparência de alguém mais próximo do mundo deles.

— Vamos tentar uma última loja — declarou. — Se não funcionar, a gente muda de plano. Mas, antes de entrar, vamos olhar para ver se tem alguém com um jeito menos arrogante.

Deram uma olhadinha dentro de uma loja. Uma senhora na faixa dos quarenta, de camisa branca e óculos levantados na testa, estava encostada no balcão.

— Esta não.

Foram a outra loja. Um cara meio rockeiro, com brincos e colares, estava conversando com uma moça com jeito de mimada.

— Também não.

Já estavam quase no fim da rua, ao lado do Largo da Carioca. Olharam na última loja. Uma moça de rosto simples, vestida de jeans e blusa de malha, estava no balcão. Ronildo teve bom pressentimento.

— Aqui.

Entraram. A loja era menor e mais focada nos instrumentos de corda e de percussão. A moça veio até eles, sorrindo.

— Boa tarde, posso ajudá-los?

— Somos da Unidos de Madureira. Estamos renovando a bateria e temos instrumentos em ótimo estado para vender, com um bom desconto.

— Ah, sinto muito, mas não compramos instrumentos de segunda mão — respondeu, parecendo desolada.

— Mas, quando souber o preço, vai fazer uma exceção. Olha este surdo, o deixamos por setenta reais.

— Sinto muito, mas aqui na rua não tem loja que compre instrumentos de segunda mão. Nem mesmo por um preço ainda menor. Gostaria muito de ajudar a laranja e roxo, que é uma ótima escola. Mas realmente não tem como.

Mesmo decepcionado, Ronildo sentiu uma imensa gratidão por esta moça que os acolhera como pessoas legítimas, reconhecendo que eles também tinham direito a existir nesta parte da cidade.

— E fora da rua? Sabe onde podemos vender?

— Já vi algumas lojas que vendem instrumentos usados na Zona Norte, mas não saberia te dar um nome. Tem uma no meu bairro, em Humanópolis, do lado do Morro do Sucesso.

— Valeu, minha irmã. Ajudou pra caramba

— Com prazer.

Respondeu com um sorriso que fez Ronildo estremecer. Porra, uma gatinha, e além do mais super prestativa e simpática! Saiu da loja bastante emocionado. E se recompôs para preparar a etapa seguinte.

— Deu ruim, erramos de lugar, mas fica mec aí, vai dar tudo certo! Só ir em Humanópolis, fazer o nosso pequeno discurso mais uma vez e embolsar a grana!

— Tomara — respondeu Chico, visivelmente pouco convencido.

O encontro com a moça devolvera um pouco de energia a Ronildo. Cutucou o seu primo.

— Fica de boa, campeão, tu vai conseguir o malote pra dar um rolé com as mina!

—Pô, cara, tu tá viajando demais nessa parada.

Atravessaram o Largo do Carioca, com largos passos. Viam-se foliões em toda parte. Os policiais sumiram e os vendedores indígenas voltaram a expor a mercadoria deles na calçada. Artesanato colorido, bolsas, colheres, brincos. "Será que Ayla gostaria de um objeto desses?", perguntou Ronildo para si mesmo. Perto da estação de metrô, o jovem ainda estava distribuindo a propaganda da casa de prostituição.

— Vamos pedir informações — disse Ronildo com um sorriso irônico.

— Para, cara, deixa de ser leso, não tem graça.

Ronildo não prestou atenção e se aproximou do jovem. De um lado, queria provocar Chico. Do outro, queria sinceramente ajudá-lo, sabendo que o garoto nunca ousaria se informar em pessoa.

— E aê, meu cumpadi, beleza?! Quanto custa um programa lá nesta casa?

— Pô, cara, essa parada aí, tu tem que fechar com as garotas.

— Mas tu pode me dar uma ideia?

—Não sei, cara. Vou ficar devendo.

— Chuta!

— Imagino tipo uns 60, 100 reais.

— Cem seria tipo pra um velho feio e desdentado e sessenta pra um cliente tipo meu priminho aqui, novinho, com cara de anjo e todos os dentes na boca?

O moço riu.

— Pode ser.

Chico, durante a conversa, ficara com o rosto fechado, olhando numa outra direção, mas Ronildo tinha certeza de que não perdera nenhuma palavra.

— Viu, menor? Agora sabe quanto poupar.

— Para com isso, mermão!

— Suave, primo, só quero ajudar, na boa!

— Caraca! Só peguei a porra de um panfleto, no automático, e tu faz todo um filme na tua mente!

Ronildo olhava seu primo com carinho. Tinha certeza de que ele não embolsara a folha mecanicamente, mas com uma ideia na cabeça. Chico era muito tímido. Não gostava muito de se abrir. Ou não ousava. Vai saber. Quando se falava de moças, sempre ficava envergonhado. Será que ele já transara com uma? Ronildo teria apostado que não.

Subiram na van sem que Chico tivesse aberto a boca. Ronildo conhecia seu primo. Significava que acertara. A ideia de visitar a casa de prostituição rodeava a cabeça dele. Afinal de contas, apesar de suas negações, não jogara a folha fora. E Ronildo tinha certeza de que Chico ia reservar parte do dinheiro da van para um programa.

Lembrou-se da sua primeira vez. Foi num terreno baldio, com uma moça que encontrara num baile funk. Uma tal de Amanda. De pé, só baixando as calças. Eram desajeitados, ansiosos, com receio de o outro perceber a própria falta de experiência e de que outras pessoas os achassem. Quem sabe talvez tivesse sido melhor confiar a sua virgindade a uma profissional?

Invejou o Chico. Ele ainda tinha um mundo para descobrir.

16h

— Como é que tá a barriga? — perguntou Ronildo, subindo na van.

— Melhor.

— Acha mermo que foi a vitamina?

— Acho, sim.

—Pra mim, não deu nada. Tenho estômago de avestruz.

Saíram do estacionamento e foram em direção à Lapa. Os lados da calçada estavam constelados de poças que obrigavam a dirigir perto do meio da estrada. Os engarrafamentos e desvios eram constantes.

— Vamos sair de Clóvis uma última vez essa noite? — disse Chico.

Olhava o seu primo ansiosamente. Parecia mais um apelo do que uma pergunta.

— Partiu!

— Ufa. Não quero que esse Carnaval acabe.

— Eu também não.

Era a verdade. Mesmo sem essa encrenca com Marlon Brando, Ronildo estaria apreensivo com a volta ao quotidiano, que conseguira esquecer bastante na loucura Carnavalesca: procurar um emprego fixo, visitar donos de oficina que não tinham trabalho para ele, ganhar um pouco de dinheiro fazendo bicos chatos para ajudar nas despesas da casa. Se não estivesse em posição de lançar a própria empresa, como sonhava, pelo menos queria uma coisa simples: praticar o trabalho que aprendera. Mas no Rio as coisas simples não eram sempre fáceis de conseguir. Parecia que o mundo não precisava dele, ou só quando se tratava de pagar. A menos que... conseguisse usar o dinheiro da van para fazer algo. Decolar.

Voltou a imaginar as possibilidades que abriria, mas desta vez a sua imaginação não ficou desencadeada. O confronto com a realidade na Carioca cobrara o seu preço. A excitação que havia o tomado, elaborando o seu plano, sumira. Apesar de fingir otimismo e bom humor diante de Chico, sentia um grande peso no peito. Não teria faltado muito para ele chorar. Zoar um pouco o Chico sobre as garotas o ajudara a afastar os seus sentimentos, mas não podia durar a tarde toda.

— Um pouco de música, por favor, leskinho — pediu.

Chico ligou o rádio. Desta vez, era uma voz feminina que se ouvia:

Dá, dá, dá balinha
Cheguei no baile sem calcinha
Agora o que falta é tomar a balinha

—Isso que é música de Carnaval! — declarou Ronildo.

“E também seria bom tomar uma balinha esta noite”, pensou.

— Parece que a funkeira que canta isso é gringa — diz Chico.

— Gringa? Tem certeza?

— Assisti uma reportagem sobre ela na televisão. Uma Dimanarquesa que mora no Rio.

— Dinamarquesa.

— Isso aí.

— Viu, moleque? O nosso funk tem reputação até lá na Europa...

A música aliviou um pouco Ronildo. Deixou-se levar pelo ritmo, pela letra, que evocava bem explicitamente a vida quotidiana de pessoas como ele. Não como a letra desses cantores da televisão, tão requintada que nem eles mesmos deviam entendê-la. Ou como a dos sambas-enredo, que precisaria de um congresso internacional para interpretar.

— Tu conhece esse bairro que a moça falou? — perguntou Chico.

— Humanópolis? Conheço sim. Entreguei muitos carros lá quando trabalhava na oficina.

— Fica onde?

— Perto de Acatajuá.

— E Acatajuá fica onde?

— Acho que perto de Humanópolis.

Chico não pareceu entender a piada.

— É longe de Madureira?

— Não é. Tipo alguns quilômetros.

— E sabe onde fica essa loja de música?

— Não, mas vamos perguntar. Estamos quase chegando. Mas, primeiro, preciso comer. Tu não tá com fome, não?

— Claro que tô.

Parou a van na frente de uma lanchonete. Há quanto tempo não engoliam nada? Devia fazer umas seis horas. Desde o galpão. Pediram dois pratos feitos, com arroz, feijão, salada e um pedaço de carne.

— Porra, o melhor tempero é a fome. A comida tá dez!

Pegava grandes colheradas e as engolia sem mastigar muito. A sua mãe sempre lhe dissera: "Come mais devagar! Não é bom comer assim!" Mas ele nunca conseguia dominar-se. A fome era algo que lhe tirava todo vestígio de educação e o trazia de volta a sua condição de organismo de carne e osso, que precisava ser alimentado regularmente para continuar a funcionar.

Chico, por sua vez, comia menos e mais devagar, sem parecer dar à comida a mesma importância que o seu primo. Como se fosse uma tarefa que se devia cumprir, além de se vestir de manhã, à qual não atribuía mais valor.

— E aí, beleza? Você conhece uma loja que vende instrumentos de segunda mão no bairro? — perguntou Ronildo à moça do caixa.

— Não conheço, não.

— Sabe quem poderia nos informar?

— Não sei te dizer.

— Tem uma no pé do Morro do Sucesso — diz um freguês que ouvira a conversa. — Na rua das compras, que circunda o morro.

— E vendem instrumentos de percussão também?

— Acho que sim.

—Beleza. Valeu, meu mestre!

— Disponha.

17h

Ronildo saiu da lanchonete renovado. A comida não enchera somente o seu estômago, mas a sua alma também. Os seus sentimentos sombrios foram embora com o almoço. Sentia-se otimista de novo.

— Viu, moleque? — disse enquanto se sentava na van. — O nome deste lugar é um sinal. Morro do Sucesso! Significa que vai dar tudo certo.

O morro ficava perto e, guiados pelo GPS, chegaram lá em menos de cinco minutos. No pé da comunidade, uma rua estreita vibrava de atividade. Barbearias, salões de beleza, lanchonetes e padarias competiam para atrair a atenção dos transeuntes com música, *outdoors* e distribuição de panfletos. Não foi fácil estacionar, mas finalmente conseguiram enfiar-se numa vaga que outra van acabara de deixar. Pegaram alguns instrumentos e perguntaram ao flanelinha onde ficava a loja de música.

As indicações eram vagas, e tiveram que perguntar a mais duas pessoas antes de chegar a uma pequena loja da qual saía o som de uma canção de reggae. Um moço de *dreadlocks* estava sentado em frente, fumando um baseado com um cheiro bem forte.

— E aí, parceiro?

— Tudo bem — respondeu sem virar a cabeça.

— Somos da Unidos de Madureira. Estamos renovando os instrumentos da bateria e temos alguns para vender. Olha só. Isso é uma amostra.

O moço se ergueu, o semblante intrigado.

— Instrumentos da bateria da laranja e roxo?

— Isso aí.

O moço pegou o surdo, o examinou atentamente.

— O que mais vocês têm?

Ronildo leu a lista para ele.

— Estão na nossa van.

— E quanto querem?

Ronildo deu o preço total. O moço escutou, sem deixar parecer os seus sentimentos. “Normal”, pensou Ronildo. “Um negociante esconde o jogo dele para poder negociar melhor.”

— Um instante. Esperem aqui.

Entrou na loja. Os dois primos ficaram em pé, na entrada. Ronildo sentiu um grande alívio. O horizonte começava finalmente a clarear. Tinha sido um erro ir ao centro... embora... se não tivessem estado lá, não teriam conseguido a dica da moça. A imagem do sorriso dela não saía da sua cabeça. Prometeu para si mesmo que iria voltar para agradecer a ela e convidá-la para ir àquele bar de 1887, uma vez que tivesse embolsado a grana da van. Será que era mais linda do que Ayla? Tinha que investigar. Fazer uma pesquisa de campo. Porra! Com grana no bolso e duas moças para seduzir, o futuro se anunciava brilhante. Passeio na mata com a primeira, Bar Luiz com a segunda... O que pedir mais?

— Eu não estou interessado, mas tem alguém lá em cima que poderia estar — diz o moço, voltando. — Ele quer ver os instrumentos. Já que vocês estão de van, vamos lá juntos.

Pediu à dona da loja vizinha para vigiar a loja dele e seguiu os dois primos. O moço indicou uma ladeira estreita. Parecia um dos eixos principais da comunidade. Estava alinhada com lojas de ambos os lados e o trânsito era intenso. Pedestres, motoqueiros e alguns carros competiam pelo espaço reduzido. Depois de quinhentos metros, se viram diante de outra van, sem ter espaço para se cruzar. Ronildo recuou até uma pequena praça. Era uma manobra difícil, mesmo que já houvesse conduzido a van por algumas horas, ainda não tinha integrado totalmente suas dimensões. Teve que se concentrar tanto como quando estava fazendo um reparo difícil numa lataria. Mas deu certo.

Subiram de novo. Passaram uma escola e a sede de uma ONG.

— Quem é a pessoa que quer comprar os instrumentos? — perguntou Ronildo.

— Uma ONG que dá aulas de percussão. Fica lá no alto do morro.

Deveria ter pensado nisso antes. Agremiações culturais eram menos chatas do que lojas de música. E como eram os clientes finais, poderia ter pedido um preço mais alto, compensando a margem de ganho da loja. Sempre somos mais inteligentes depois, teria dito o tio Ataulfo. Próxima vez... apesar de que eram poucas as chances de ele ter que vender instrumentos de segunda mão mais uma vez na sua vida.

Chico ligou o rádio. O funk ressoou.

— Pode parar isso? — pediu o moço num tom impaciente.

— Você é mais do reggae, né? — perguntou Ronildo.

— Sou.

Ronildo estava de clima para conversar.

— E você segue esta religião, não lembro como se chama, do reggae?

— O Rastafári? Sigo sim.

— E vocês adoram Deus ou orixás?

— Olha, moço, foca na direção. Outro dia a gente conversa sobre o Rastafári.

"Porra, que cara é esse?", pensou Ronildo. "Ainda bem que não vamos lidar com ele, mas com o pessoal da ONG. Tomara que sejam mais simpáticos."

Chegaram no topo da favela. A ladeira continuava a subir; era mais e mais íngreme. A vista abraçava morros da Zona Norte e da Zona Oeste, o maciço da Tijuca. No fundo se destacava a Igreja da Penha, com as suas duas torres brancas. O guardião da Zona Norte, assim a chamava o tio Ataulfo. Sempre que Ronildo subia no alto de um morro e a vista abraçava o horizonte, lhe parecia elevar-se acima dos problemas da vida quotidiana e deixar para baixo as suas preocupações, os seus cuidados. Sentia-se em paz. Não eram idiotas, os que construíram a Igreja da Penha no topo de um morro. Lá se devia sentir mais perto de Deus.

O moço indicou para ele virar. Pegaram uma rua estreita e pararam num pequeno platô, frente a uma casa de um andar, com telha de ferro ondulado, escondida pelas árvores. Desceram da van. E antes de se darem conta, Ronildo e Chico foram rodeados por três homens pesadamente armados.

— Aqui estão — diz um deles, com tatuagem no rosto.

— Aqui estão — respondeu o rasta. — Tudo corresponde ao zap do nosso chegado: os instrumentos, a van com logotipo da padaria... Não conferi o número da placa, mas não tenho dúvida de que seja a mesma.

— Carlos, dá uma geral neles.

Um jovem se aproximou e ordenou:

— Levanta os braços.

O capanga apalpou cuidadosamente Ronildo, pegou o celular dele e as chaves da van e depois cuidou de Chico. Ronildo estava petrificado. Não podia ser. Devia ser um filme. Mas não. O pânico que o invadira não tinha nada de imaginário. Subia das suas entranhas e o fazia estremecer. Na sua cabeça, tudo se misturava. Queria pensar, mas não conseguia. A sua mente era uma confusão total. Não tinha mais pensamentos, só sensações, e mais precisamente uma: o terror. Um terror animal, como o do porco que chega ao matadouro e vê os seus semelhantes serem mortos um a um, na sua frente, sabendo que a sua vez está por chegar.

Um quarto rapaz saiu da casa e se aproximou deles com algemas. Quis pegar as mãos de Ronildo para prender os seus pulsos nas costas, mas este lutou. O Carlos se aproximou e deu-lhe uma coronhada. Ronildo sentiu uma dor intensa na barriga, que atravessou o seu corpo, e começou a ficar sem ar. Caiu de joelhos.

— Parece que a ficha do vagabundo ainda não caiu — diz o tatuado. — Você mexeu com as pessoas erradas, maluco, e ofendeu gravemente um bom amigo nosso. Então, agora vão ficar bem tranquilos se não quiserem agravar o seu caso.

O quarto homem se abaixou para prender os pulsos de Ronildo, que ainda estava no chão, e desta vez não encontrou resistência.

— Levem estes dois para dentro.

Ronildo se levantou com dor, ajudado por um moço. O seu peito parecia uma chaga aberta. Ele e Chico foram empurrados pelos braços em direção à casa. Entraram num quarto. Redes estavam penduradas e no chão estavam espalhados bagagens, cadeiras de plástico, restos de comida, garrafas de cachaça e armas. Foram levados até um segundo quarto, totalmente vazio e sem janela. O chão estava coberto de azulejos e alguns tubos saíam das paredes. Podia ser um banheiro inacabado.

— Esperem aqui.

— Esperar o quê?

— Cala a boca, idiota.

O moço saiu e trancou a porta. Ronildo ficou uns minutos aturdido no chão. A dor começou a diminuir. E, à medida que diminuía, ele se recompunha. O medo não acabou, mas não atrapalhava mais a sua faculdade de pensar.

Olhou Chico. Este estava chorando silenciosamente.

— Chico, o que tem?

O garoto não respondeu. Ronildo também sentia vontade de chorar, mas isso lhe parecia um luxo com o qual não podia arcar neste momento.

— Chico, não precisa chorar assim!

— Tu disse que tudo ia ficar bem, porra! Fala sério!

— Chico, deu ruim, mermão, tô ligado. Estamos numa sinuca, mas vamos achar uma saída! Te prometo!

— Não acredito mais nas suas promessas. Tu é mó caozeiro, mó vacilão.

A voz de Chico expressava uma dolorosa decepção. Ronildo sempre fora um exemplo para ele.

— Primo, acabamos de levar a porra de um gol, mas a partida não acabou! Na moral.

— Um gol? De que caralho está falando? Se liga, véi! Estamos presos por pessoal armado! Podem nos matar! — gritou.

A reação do Chico, de um jeito estranho, ajudou Ronildo a domar o seu próprio medo. Pelo menos, nesta situação na qual não tinha nenhum controle sobre os eventos, achara uma missão: tranquilizar seu primo. Protegê-lo. E recuperar a estima dele.

— Não, leskinho, não vão nos matar. Por que fariam isso?

— Porque são loucos, caralho! Viu o rosto do que te bateu? O tal de Carlos? Parecia que só estava esperando a oportunidade!

— Os caras tavam furiosos, sim. Mas não quer dizer que eles vão matar a gente!

— Tu é cheio de onda, parceiro. Não acredito em mais nada do que tu diz.

Estas palavras doeram em Ronildo como uma outra pancada no peito, mas conseguiu se controlar.

— Falou. Se não quer acreditar, não acredita. Mas me passa aí a visão: por que nos matariam?

— Já te disse, cara, porque são loucos!

— Um deles até parece meio vinte e dois. Mas não tá sozinho.

— Para de tirar onda de esperto, caramba! Você acreditava também que, com aquela parada toda que você bolou, as lojas de música iam cair na sua, e viu no que deu?

Ronildo suspirou. Chico estava realmente nervoso. Ronildo resolveu deixar para lá por um tempo. Essa raiva não duraria para sempre.

18h

Mas uma vez calado, Ronildo foi de novo tomado pelo medo. E se o Chico tivesse razão? Se esses loucos quisessem matá-los? Estava bem claro que eram bandidos sem vergonha, habituados à violência, endurecidos nos confrontos com a polícia militar, milícias e outros malandros. A vida dos desconhecidos, para eles, não devia valer muito. Especialmente se estes desconhecidos viram lugares, rostos e ouviram nomes. Poooorra!!! A coisa estava realmente complicada! Mas Ronildo não podia se deixar dominar pelo pânico. Devia pensar e agir razoavelmente. E parar de imaginar o pior! Devia se focar nas saídas. Acaso teria jeito de minimizar o roubo aos olhos dos malandros? Dizer que acharam a van abandonada num lote vago? Será que poderiam acreditar nisso? Era o tipo de bobagem que podia enganar a família, mas caras duros como estes? Não. Para com estas ideias simples. Você não está mais lidando com quem costuma lidar. Você é um pugilista ligeiro que está boxeando com pesos pesados, pela primeira vez. Se você não quer ser massacrado já no primeiro *round*, você vai ter que boxear muito, muito, muito melhor do que já o fez na sua vida.

Então? Era difícil. Não. Correção. Dificilíssimo. Puxa! Deveria ter ouvido o seu medo lá, frente ao motel, quando entendeu que a van podia ser roubada. Os sentimentos não enganam, dizem. É só prestar atenção. Não! Para, Ronildo, para! O que está fazendo? Não devia pensar assim! O ocorrido não pode mudar. Deve olhar para frente. Sempre para frente. Sempre! Não é isso que costumava dizer aquele treinador do Flamengo, alguns anos atrás? Será que teria chegado nesta posição se passasse o tempo todo tendo remorsos sobre o que fizera ou não fizera?

Então, o que fazer? Pensava, pensava, pensava, e não achava a solução. Não se podiam voltar atrás algumas horas? Não se podiam apagar os seus erros, como se apaga um recado no celular? Ou como se repete um ano na escola quando não se consegue notas suficientes? Para! Você está mais uma vez olhando para trás! Deve olhar para frente, para frente, sempre para frente! Assistiu uma vez a um desenho animado no qual um cara fora buscar sua esposa nas regiões infernais e, no caminho para o mundo dos viventes, não podia olhar para trás, caso contrário a veria transformada em estátua de sal. Este cara era ele. Não devia, não podia olhar para trás.

O problema é que tinham poucas informações sobre a situação. Nem sabiam quem eram esses homens armados, nem o que queriam deles. Falaram de um zap. Quem poderia ter lançado esse alerta? A escola de samba? Devia ser isso. Um dono de padaria não podia ter uma tal influência. Escolas de samba eram outra coisa. Tinham redes de contatos extensas. Muitos torcedores, espalhados pela cidade. Caralho! Deveria ter desconfiado logo que viu o logotipo da Unidos de Madureira. Porra! Que imbecil! Como não pensara nisso? E ainda tentaram vender os instrumentos a alguns quilômetros da quadra da escola! Que idiota, que babaca de primeira!

Mas não. Para com isso! Isso é o passado! Deve olhar para frente. Sempre para frente! Não é isso que resolveu? Nunca pensar em problemas, mas em soluções, dizia este empreendedor que estava regularmente sendo entrevistado pela televisão. Soluções. Soluções. E talvez...

A porta se abriu. O que chamaram de Carlos e o mais velho entraram com um novo personagem, um cinquentenário calvo e musculoso, com olhar intenso. Ronildo estremeceu.

O homem não tinha nada de amigável. Bastava olhar para ele um segundo para entender que não estava ali para brincar.

— Aqui estão, Seu Davi.

O homem fez um sinal e Carlos deu um soco em Ronildo, no mesmo lugar que a primeira vez, provavelmente de propósito. Era como rasgar uma ferida aberta. Bater numa fratura. Porra, que dor, que dor!

O tal de Seu Davi deixou passar um momento antes de falar, provavelmente para dar tempo de Ronildo se recompor.

— Isso é para vocês entenderem que não se pode brincar comigo — disse. — Se vocês não colaborarem, terão mais. E o preço subirá a cada vez. Entenderam?

— Entendemos — responderam os primos juntos, com voz trêmula.

— Então, agora vão me explicar por que roubaram a van com as nossas fantasias e os nossos instrumentos.

— Escuta, senhor, não sabíamos que a van era da Unidos de Madureira, senão nunca a teríamos roubado!

Seu Davi fez um sinal para Carlos. Este deu uma coronhada em Ronildo, que sentiu a bile subir do seu estômago e uma dor ainda mais aguda, de uma intensidade que nunca experimentou na sua vida. Parecia-lhe que todo o universo se concentrara num único ponto, no seu peito, e se transformara em pura dor, dor destilada, essência de dor.

— Parece que ainda não entendeu, moço. Preciso te explicar mais uma vez? Com a gente não se fala besteiras. Agora, pensa bem, muito bem e responde. Por que roubaram esta van?

Os olhos do Seu Davi miravam fixamente Ronildo, que se sentiu despido e imensamente vulnerável. Toda resistência e todo jeitinho pareciam condenados ao fracasso com este cara.

— Tenho uma dívida para o final do mês — respondeu muito rápido, como se quisesse se livrar do seu fardo o quanto antes. — Vi esta van em frente do motel com a chave no chão e perdi a linha. Pensei que poderia me ajudar. Foi tudo minha culpa. O meu primo não fez nada. Estava contra. Embarquei ele nisso sem dar ouvidos pra ele.

— A chave tava no chão? — perguntou Seu Davi para o mais velho. — Não mexeram com o motor de arranque?

— Não, achamos a chave no bolso dele.

Se voltou para Ronildo.

— Com quem é esta dívida?

— Com o Marlon Brando, o negociante do Morro da Sereia.

— Tem documentos de identidade?

— No meu bolso traseiro — respondeu Ronildo.

— Mesma coisa — acrescentou Chico.

Carlos os pegou e os estendeu para Seu Davi.

— Ronildo Fonseca de Araújo — leu este. — Nascido em 9 de fevereiro de 2000. Francisco Gomes de Freitas. Nascido em 11 de setembro de 2004.

Seu Davi deu os documentos ao mais velho e este saiu do quarto.

— Vamos conferir isso. Espero que tenha falado a verdade. Senão, ai de vocês.

— O senhor pode conferir. É a verdade.

— E o que vocês fazem na vida, quando não roubam vans?

— Eu era lanterneiro, mas perdi o emprego o ano passado. Agora estou procurando outro emprego e faço bicos. Ele ainda está no ensino médio.

— E por que quiseram vender os nossos instrumentos?

— A gente precisava da grana para comprar o material e pintar por cima do logotipo, para poder vender a van.

— Para quem?

— Isso a gente ainda não sabia.

Ficaram uns minutos em silêncio, até que o mais velho voltasse.

— Marlon Brando confirma. Emprestou mil e quinhentos reais ao rapaz.

— Bom, vejo que estão um pouco mais razoáveis.

Seu Davi ficou um momento pensativo. Os dois primos o olhavam apreensivamente. Será que estava deliberando sobre o destino deles?

— Mas, mesmo se disseram a verdade, esses dois nos colocaram numa encrenca inacreditável — disse Seu Davi para os dois capangas. — Então temos que resolver o que fazer com eles. Uma coisa é certa: não podemos deixar eles irem sem tomarem um corretivo.

Falara como se os dois garotos não estivessem presentes, ou melhor, como se a presença deles fosse tão insignificante que não merecesse ser levada em conta.

Os três homens saíram, deixando os primos no quarto. Ronildo sentia o seu coração bater como se o seu peito fosse um paredão de baile. Chico estava silencioso. Parecia totalmente abatido. Os dois sabiam que perderam totalmente o controle da situação. Nada que pudessem fazer ou dizer poderia mudar muita coisa. Ronildo tinha medo por ele mesmo, evidentemente, mas também, e talvez ainda mais, pelo Chico. E se sentia muito mal de tê-lo metido nesta confusão. Era sua culpa, desde o início. Fora totalmente estúpido de pedir dinheiro emprestado a Marlon Brando e foi ainda mais de roubar essa van, ele que não tinha nenhuma experiência neste tipo de negócio, nem pessoas para ajudá-lo ou protegê-lo caso algo desse errado. Porra!

Mas era um otimista nato, e esse lado dele voltou a procurar razões para ter esperanças. Os bandidos ligaram para Marlon Brando. Isso queria dizer que, no caso de algo lhes acontecer, o Marlon Brando saberia quem seriam os responsáveis. Não poderiam mais passar despercebidos. E o Marlon Brando, com certeza, não gostaria de um bando de outro morro matar dois jovens do seu morro e ainda mais quando um deles lhe devia dinheiro. A comunidade significava algo, até para ele. Ou especialmente para ele. Vivia, prosperava graças a sua posição ali. Isso conferia a ele uma certa responsabilidade. Explorador dos moradores, mas protetor também. Ligando para Marlon Brando, os bandidos ficaram de mãos atadas. Não podiam mais tratá-los como se fossem pessoas anônimas. Marlon Brando era o seguro de vida dos primos. Ainda bem que contara a verdade.

O homem que parecia o chefe tinha razão: o melhor, numa situação desta, era não falar besteiras.

Olhou para Chico. Este estava sentado, imóvel, o rosto lívido, o olhar fixo. Os seus olhos ainda estavam vermelhos, mas parara de chorar.

— Chico...

Não teve resposta.

— Chico! — repetiu Ronildo mais alto.

— O que quer?

O tom era pouco amável.

— Não fica assim, cara.

— E como é que eu devo ficar, ô vacilão? — respondeu com um tom meio agressivo.

— Imagina, cara: em um ano vamos ter Carnaval de novo. Quando você lembrar o que ocorreu hoje, vai pensar: puxa vida, foi bem quente, mas graças a Deus saímos ilesos. Valia realmente a pena entrarmos em tal desespero?

— E você, cara, vai pensar e parar?

— Parar o quê?

— De viajar, porra! De fazer merda e dizer que tudo vai estar bem.

Estas palavras tocaram Ronildo num ponto sensível. Será que não somente não podia fazer nada para melhorar a situação, mas também nada para melhorar o humor do Chico?

— Chico, estamos juntos nessa parada, meu parça. Não dá para a gente ficar discutindo.

— Então, para, caramba, com esse seu "tudo vai dar certo!".

— Tá bom. Paro. Prometo.

— E tem mais um problema.

— O quê?

— Preciso ir no banheiro — respondeu Chico com uma fala envergonhada.

Curiosamente, estas palavras aliviaram Ronildo. Finalmente lhe deram algo para fazer. Não somente esperar com a impotência de um neonato, mas cumprir uma meta ao seu alcance: conseguir um banheiro.

— Número um ou número dois?

— Número dois.

— Ainda é a porra daquela vitamina?

— Pode ser.

Ronildo se levantou e se aproximou da porta. Sentia uma nova energia circular no seu corpo.

— Oi, temos um problema aqui!

Escutou um momento. Ninguém parecia ter ouvido. Repetiu a chamada, agora chutando a porta. Estava dividido entre a vontade de bater mais forte para aumentar as chances de ser ouvido e o medo de irritar os seus carcereiros. Ficou escutando com o coração batendo. Esperou cinco segundos, dez, vinte e chutou mais uma vez. Ouviu uma porta abrindo e passos. Tomara que não fosse o Carlos! Uma chave mexeu na fechadura. A porta abriu. Ufa! Não era o Carlos. Era um jovem, o cara que amarrou as mãos deles.

— Que porra de barulho é esse?

— O meu primo precisa usar o banheiro. Número dois. É urgente.

O cara suspirou.

— Caralho, não podia cagar antes de chegar aqui? A cidade tem banheiro e mato pra caralho pra cagar!

— Amigo, a gente não se ligou que poderia ser preso...

O cara parecia chateado, mas não agressivo. Ronildo tirou vantagem do fato.

— Se ele fizer na calça, vai empestar tudo e vocês vão ter que suportar o cheiro também!

— Tá bom. Vem comigo.

19h

Chico se levantou e saiu com o capanga. Ronildo, sozinho, recomeçou a pensar em alta velocidade. O cara que levou Chico não parecia querer lhes fazer mal. Nem todos os bandidos eram maus. Alguns amigos da escola mexeram com o tráfico, mas não eram filhos de puta. A vida os empurrara nesta direção. Foi o caso do José, o irmão da Valentina, a primeira namorada de Ronildo. Claro que gostava do poder e do dinheiro que o crime lhe dava, e fazia a sua parte nos confrontos com a polícia e a milícia que tratava de ganhar o controle do morro. Mas permanecia um cara normal, com quem se podia conversar sobre o próximo Fla-Flu, ou até a quem se podia pedir um favor se estivesse ao seu alcance. Se não tivesse sido detido alguns meses atrás, seria para ele que Ronildo teria apelado para conseguir o dinheiro das fantasias. O rapaz que levou o Chico devia ser o mesmo tipo de personagem. Um cara que virou bandido pelas razões habituais, mas que, no fundo, era normal. Então devia aproveitar disso e tentar criar um vínculo com ele. Quem sabe? Talvez o cara pudesse interceder a favor deles. E evitar o pior, que ainda não estava descartado.

— Ô, brother! Sabe quem é esse Seu Davi? — perguntou Ronildo quando o moço voltou com o Chico.

— Um cara da Unidos de Madureira. Gente de peso. Não sei mais.

— O que ele quer da gente, agora que recuperou a van com tudo dentro?

— Isso não sei.

As respostas não ajudavam muito a Ronildo, mas, pelo menos, o cara não interrompera a conversa.

— Vão nos soltar?

— Não sou eu que decido isso, cara.

— Pô, meu bro, mas tu não tem nem ideia?

— Chuto que não vão soltar vocês antes de uma lição bem-merecida, pra ensinar vocês a ter respeito.

— Quer dizer que vão nos soltar no final?

— Não sei, mano. Só o tempo vai dizer.

Porra. Tudo isso era muito vago. Podiam ser libertados. Mas talvez não. E o que podia significar uma "lição bem-merecida"? Essas palavras eram tão vagas quanto assustadoras. Seriam espancados? Os bandidos fingiriam querer matá-los?

O cara foi embora, trancando a porta duas vezes.

— Deu tudo certo no banheiro?

— Já cagou com as mãos amarradas nas costas? — respondeu Chico com um tom desesperado.

— Porra, nem soltou suas mãos?

— Não, cara, foi ele quem baixou a minha calça e a cueca. Nem fechou a porra da porta.

O menino parecia ter vivido isso como uma grande humilhação.

— Deve ter imaginado que a gente tava armando alguma com essa parada de banheiro. Talvez um plano para escapar...

Ao pronunciar a palavra "escapar", a imaginação de Ronildo foi despertada. Será que tinha algo para tentar? Pensou em Rahan, o Homem Selvagem, o seu herói de desenho animado preferido. Era um homem pré-histórico que sempre conseguia sair ileso das situações as mais desesperadoras. Pendurado pelos pés, as mãos atadas, conseguia escapar. Lutando contra um crocodilo e depois contra um tigre, as mãos atadas, conseguia vencer. Caído no fundo de um poço profundo, ele conseguia sair. Claro que eram desenhos animados, histórias imaginárias. Mas mesmo se impossíveis, fantásticas, tinham uma moral, pensou Ronildo. E essa moral era que nunca se deve deixar vencer pelas circunstâncias. Tinha que lutar, sempre. Até quando a situação parecia sem saída.

Talvez tivesse algo para tentar, em vez de ficar assim, resignado, esperando a "boa lição" que os malandros queriam lhes dar. À primeira vista, parecia difícil. A casa estava isolada. Se conseguissem escapar, poderiam avançar às escondidas nas árvores no primeiro trecho. Mas depois teriam que atravessar a favela toda, que os bandidos deviam controlar estritamente. Sem mencionar que estavam de mãos atadas, detidos num quarto trancado e sem janela.

Olhou ao redor para ver se tinha algo que poderiam usar para se soltar. Os tubos que saiam da parede? Talvez esfregando o plástico contra eles, teria possibilidade de desgastá-lo o suficiente para quebrá-lo? Se aproximou e apalpou os tubos. Um deles era um pouco desgastado, não até ficar cortante, mas era um pouco áspero. Será que bastaria? Seria estúpido não experimentar.

E depois? Ainda tinham que abrir a porta. Sair despercebidos da casa. E descer o morro. Enxergou um pedaço de fio de ferro no chão. Talvez pudesse ajudar a abrir a porta? E para a saída da casa... Chico tinha mais informações.

— Onde foi que o cara te levou?

— No banheiro. Coé, cara, que pergunta é essa?

— Mas onde fica este banheiro?

— Aqui do lado.

— Do lado onde, exatamente?

— O cômodo aqui do lado — disse, apontando uma parede com o queixo.

"Lógico", pensou Ronildo. "Se esse quarto fosse destinado a ter um chuveiro, o banheiro deve ser ao lado, para compartilhar a tubulação."

— E viu os outros caras?

— Não, o quarto tava vazio.

Se os caras não estivessem no quarto do lado – e isso ficava bem claro, pois não se ouvia nada, deviam estar num outro quarto. Ou fora? Não tinha cadeiras, rede ou nada para se ficar à vontade diante da casa. Então deviam estar dentro. Ou não? Será que deixaram o cara que levou Chico ao banheiro sozinho? Talvez tivessem saído para outra emergência? Não mudava muito. Na escuridão, os primos poderiam sair despercebidos. Conclusão: tinham que esperar a noite. Com o abandono do horário de verão, este ano, escurecia uma hora mais cedo. Como a casa estava isolada, os arredores deviam ser bem escuros. À noite, todos os gatos são pardos. Mas a que horas começava a escurecer?

— Chico, a que horas começa a escurecer esses dias?

— Não sei, cara.

— Nem tem uma ideia?

— Pô, não sei mesmo!

— Bota a cabeça pra funcionar, filhão!

— Tipo sete e meia?

Mas que horas seria agora? Ronildo procurou um ponto de referência, mas não se lembrava de ter olhado a hora nem uma vez desde que acordara. Tudo o que sabia é que, quando chegaram, o Sol não brilhava mais. Então... Digamos que fosse... seis e meia? Só faltava uma hora para a escuridão chegar. Uma hora e meia para ter uma margem de segurança. Mas como ia saber que uma hora e meia passara? Fácil!

Uma duração desta podia ser estimada com uma pequena margem de erro para quem gostasse do futebol. Era a duração de uma partida, sem o intervalo. Acaso não registrara inconscientemente esta duração, assistindo milhares de jogos? Agora mesmo, o juiz estava apitando o início. Só tinha que esperar e tratar de imaginar o desenvolvimento da partida. Primeiro passe, o centroavante avança...

— Ronildo...

O tom de Chico mudara. Não era mais amargo, enfurecido, desdenhoso. Parecia mais o de um pedido.

— Diga...

— Acho que, se a gente sair daqui na boa, vou visitar aquelas garotas.

— As do panfleto do Largo da Carioca?

— Ainda.

Ronildo sentiu muito carinho por seu primo. O Chico tinha medo de morrer virgem. Era um sentimento que Ronildo entendia perfeitamente.

— Vamos sair ilesos, leskinho. Te prometo. E vamos juntos lá. Vamos comprar uma boa garrafa de Salton. Não, duas!

E vamos escolher duas minas bem gostosinhas. Eu que te convido.

Chico pareceu tão encantado que quase cortou o coração de Ronildo.

— Demorou!

— É nois!

Os dois sorriam como dois meninos na frente do balcão da Confeitaria Colombo. Ronildo se sentia invadido por sentimentos mistos. O carinho por aquele mocinho que sentia desde sempre. O alívio de ter restabelecido o contato com ele. A excitação de ver-se numa casa de prostituição com o seu primo. A alegria de imaginar-se contribuindo para o término de sua virgindade. E uma vontade de rir: tudo isso, um dia, terá passado!

Levantou-se e se aproximou do tubo. Começou a esfregar a abraçadeira.

— Que parada é essa, mermão?

— Preparando a nossa fuga, menor,

— Porra, mano! Tá louco ou o quê?! — gritou Chico. — Tá ligado no tamanho do perigo?

Ele estava com a voz trêmula de medo.

— Fica frio aí, meu parceiro. Se você quer visitar as garotas, não podemos ficar aqui parados.

— Mas o que caralho pretende fazer?

Ronildo explicou o seu plano. As algemas, o fio de ferro, a escuridão. Chico escutava, boquiaberto.

— Então, cara, não podemos perder tempo. Tá ligado?

— Você tá de caô com a minha cara! Tô achando que essa porra vai dar merda!

Ronildo ficou pasmado. O seu plano lhe parecia tão bom que não imaginara que Chico não pudesse aderir.

— Mas por quê?

— Porque não sou lesado como você, porra! Somos dois caras sem experiência, lidando com essa galera profissa do crime. Não temos nenhuma chance.

— Como saber sem tentar?

— E se eles entram antes que a gente consiga se mandar e percebem que cortamos as algemas? Vão acabar com a gente, caramba!

Ronildo, no seu entusiasmo, não pensara nisso. Presumira que não seria perturbado. Ou melhor, não presumira nada. Somente esquecera de pensar que nem tudo podia alinhar-se a seus planos. Foi um golpe duro. Sentiu uma tonelada cair nos seus ombros, um peso que não conseguia carregar. Sentou-se.

Porra. Queria dizer que o seu plano não era factível? Respirou. Inspirar, expirar. Agora se acalma e pensa. Tratou de examinar a situação de forma racional, como o seu patrão lhe ensinara na oficina. "Antes de começar um trabalho, sempre tem que analisar cuidadosamente a situação, senão vai se apressar numa direção que não é necessariamente a melhor. E, uma vez que embarcou nela, é muito difícil voltar. Considere as opções, as vantagens e desvantagens delas. E só depois escolha."

Se tentassem fugir, só tinha duas soluções. Podiam conseguir ou podiam ser descobertos. No primeiro caso, tudo certo. No segundo, qual o risco? Uma boa surra. Seria a segunda da sua vida. Era uma péssima hora para passar. Puxa, não queria lembrar a primeira. Mas ela passou, como passa uma tempestade ou um tiroteio. Acontece que pancadas deixavam sequelas permanentes, ou até terminavam em morte. Mas não era a regra. A regra era: muita dor no momento, dores menos agudas durante dias ou semanas depois, e só. E, depois de serem maltratados, voltariam ao mesmo ponto: presos por bandidos. Agora, esperavam sem tentar nada, qual era o risco? Era muito difícil saber. O cara falara de dar-lhes uma lição, mas o que caralho isso poderia significar? No início, supôs que seria uma surra, mas será? Não. O cara mesmo admitiu que não sabia o que os esperava. Podia ser pior. Uma mutilação? Por que não? Cortava-se a mão dos ladrões em algum país cujo nome não lembrava. Na pior das hipóteses, era a morte. E não tinha como saber se isso era provável ou não. Então? Tratou de ponderar tudo na sua cabeça. Pensou, pensou, mas as suas ideias estavam confusas, até que, de repente, uma frase surgiu em sua mente. E esta frase era: "melhor arriscar ser espancado do que ser mutilado ou morto". Claro! Como não pensara nisso antes? Levantou-se e começou a esfregar de novo as suas algemas contra o tubo. Chico gritou:

— Caraca! Para com isso! Cai na real, mermão!

Desta vez, Ronildo acolheu o protesto de seu primo com calma. Sabia que ele estava certo.

— Chico, é você que disse que tem risco de eles matarem a gente. Não podemos esperar isso sem fazer nada. Melhor tentar alguma coisa.

— Mas e se pegam a gente no flagra?

— Aí eles vão meter a porrada na gente. Mas o que é pior? Uma surra ou a morte?

Chico não respondeu. Parecia sem força para contradizer seu primo. Bom. Obstáculo Chico? Superado. Agora, ação. Ronildo esfregou, esfregou, esfregou. Era difícil dizer se dava certo, pois não podia ver as suas algemas. Continuou esfregando e depois de cinco minutos mostrou os seus pulsos a Chico.

— Como estão as algemas? Se desgastaram muito?

— Não. Muito pouco.

Rahan, o Homem Selvagem, não teria desistido tão facilmente. E Ronildo também não ia. Voltou ao tubo e recomeçou a esfregar. Levantava e baixava o seu corpo com ritmo. Alto, baixo. Alto, baixo. Alto, baixo. Parecia um tipo de ginástica ou de dança. Alto, baixo. Alto, baixo. Alto, baixo. Era um pouco hipnotizante. Alto, baixo. Alto, baixo. Alto, baixo. Se imaginava num baile funk, lá no morro. Alto, baixo. Alto, baixo. Alto, baixo. Caramba, o DJ era bom. Alto, baixo. Alto, baixo. Alto, baixo. Não era melhor dançar assim que ficar no chão? Alto, baixo. Alto, baixo. Alto, baixo. Há quanto tempo estava esfregando? Alto, baixo, alto, baixo, alto, baixo. Foi mostrar as algemas a Chico.

— Então?

— Mesma coisa. Nem começou a cortar o plástico.

20h

Porra! A tarefa era mais difícil que o esperado. Rahan não teria desistido por isso e Ronildo também não ia. Se levantou e voltou ao tubo. Recomeçou o movimento. Alto, baixo. Alto, baixo. Alto, baixo. Estava no alto mais uma vez quando percebeu a chave girar na fechadura. Correu e se sentou ao lado de Chico. O Carlos e o mais velho entraram.

— Levanta, aí, porra! — ordenou Carlos.

Os primos obedeceram de imediato.

— Bora! — disse o mais velho.

— Pra onde?

— Surpresa. Vamos dar um rolezinho. Vão gostar.

A resposta não agradou a Ronildo. Não esperava nada de bom numa surpresa da parte desses caras. E não gostava de que fosse o Carlos que os levasse. Era o pior da turma, sem dúvida. Ronildo deu uma olhadinha para o Chico. Este parecia aterrorizado. Os malandros empurraram os primos pelo cotovelo. Atravessaram o primeiro quarto e saíram. O dia já terminara. Ronildo olhou ao redor e tentou memorizar cada detalhe, caso voltassem presos pro quarto e tivessem que finalmente executar o plano. Tratou de gravar em sua cabeça a localização das janelas, das árvores, da pequena trilha que se adivinhava à direita. Subiram num carro, um Renault Modus cinza. Memorizar a cor e o modelo do carro poderia servir, quem sabia. Os primos se sentaram atrás, os dois capangas na frente. O mais velho dirigia e, sentado ao lado dele, o Carlos, que se virou e olhou os detentos com um sorriso pouco simpático, uma pistola na mão.

— Nem pensem em pular do carro, senão... boom! — disse.

"Pura maldade", pensou Ronildo. As mãos dos primos estavam atadas e as portas traseiras trancadas. Não podiam tentar nada. O Carlos só queria mostrar-lhes o seu poder.

O carro virou na estrada que continuava subindo o morro. As ruas de concreto logo deram lugar à terra. Para onde eles estavam indo? Não gostava disso. À direita, altas falésias de pedra preta desciam quase até o asfalto. Parecia a imagem das duas horas que acabavam de viver. Do mais alto ao mais baixo. À esquerda, uma mata densa se agarrava na vertente. Tratando de sobreviver, como eles neste momento. Não deviam estar longe do topo do morro. Nem do desenlace deste pesadelo. Era provavelmente lá que deviam "aprender o respeito", qualquer que fosse o significado disso. Caralho. Ah, se tivessem conseguido fugir antes disso! Ronildo olhou mais uma vez para Chico. O primo estava branco, totalmente imóvel. "Se agora abrissem a porta e nos liberassem, ficaria petrificado no seu assento", pensou Ronildo.

O carro virou numa trilha estreita e continuou mais cem metros, até uma pequena clareira.

— Chegamos! — anunciou o mais velho.

Desligou o carro, saiu e abriu as portas para os primos.

— Fora — gritou Carlos.

Ronildo e Chico saíram. Ronildo sentiu-se, à sua vez, totalmente tomado pelo medo. Tinha-se feito de valente em frente ao seu primo, mas agora estava como ele. Não conseguia mais pensar. Só tinha este terror, envolvente, avassalador. Os capangas os empurraram um pouco mais longe.

— Ajoelha aí! — ordenou Carlos.

Ronildo obedeceu tão prontamente que o seu joelho direito bateu no chão, causando uma dor fulminante, como uma descarga de eletricidade. Devia ter batido num nervo.

— Olha estas duas merdas! — disse Carlos. — Quiseram bancar os durões e onde estão agora? Ajoelhados, as mãos amarradas, se cagando de medo! Não acha isso muito engraçado, Luís?

— Acho — respondeu este, sem parecer muito convencido.

— Vocês tão orgulhosos? Acham que são corajosos?

Os primos se mantiveram quietos. Carlos chutou no estômago de Ronildo. Este sentiu uma dor aguda, violenta.

Descobriu que seu estômago, no qual pensava pouco normalmente, era cheio de nervos ultrassensíveis e que tinham a capacidade de cobrir todas as suas outras sensações. Tinha dificuldade para respirar.

— Quando um cara armado faz uma pergunta, um merda ajoelhado com as mãos amarradas responde! — gritou o bandido.

Ainda ofegante, Ronildo mobilizou todas as suas forças para conseguir murmurar.

— Não. Não estamos orgulhosos.

Carlos deu-lhe um tapa no rosto.

— Como? Não ouvi nada. Mais alto!

— NÃO, NÃO ESTAMOS ORGULHOSOS! — repetiu Ronildo.

Sentia-se rebaixado, impotente, humilhado como nunca em sua vida, que havia sido cheia de vexames. Já assistira a tantos filmes nos quais os heróis, interrogados, respondiam com insolência e mandavam os interrogadores se foder. Teria gostado de ter essa coragem, ainda mais frente a Chico. Mas os caras que escreviam os roteiros desses filmes com certeza nunca receberam uma pancada como aquela que acabara de receber no estômago. Precedida de um soco e uma coronhada. Porra! Teria gostado de ver como eles se comportariam no seu lugar! Sabiam o que significava uma tal dor, lá nos seus escritórios? Provavelmente não. Era uma coisa que não se podia entender sentado frente a um computador. Só a experiência podia ensiná-la. E o que te ensinava é que era fácil imaginar ser um durão, difícil era sê-lo realmente.

— Bom, melhor assim. No seu lugar, estaria com tanta vergonha que até pensaria em me matar!

Por um instante, Ronildo pensou que não seria uma saída tão ruim. Se matar e parar de uma vez com esta dor, este medo, esta humilhação. Mas de repente se recompôs. Não. Nunca abandonar. Nunca perder a esperança. Tudo isso ia passar e um dia só seria uma lembrança, dolorosa, humilhante, mas apenas uma lembrança. Ainda tinha muito para viver. Ainda tinha que namorar Ayla e a moça da loja. E visitar o bordel com Chico. Este pensamento lhe devolveu um pouco de força.

O mais velho, o que Carlos chamara de Luís, ficara silencioso. Olhava sem parecer gostar, mas sem tampouco deter o jovem. Brincava com as suas chaves, como se estivesse entediado. Deu uma olhadinha no celular, parecendo impaciente. Será que estava desaprovando? Será que pararia o Carlos se este passasse do limite? Mas qual seria este limite?

— Gostaria de se matar?

A voz de Carlos era zombeteira, mais carregada de desprezo do que o céu de estrelas.

— Não sei — respondeu Ronildo.

Carlos deu outro tapa. No rosto, novamente. A bochecha de Ronildo ardia. Era doloroso, mas suportável.

— Não sabe? Deveria. É uma questão de vida ou morte. Da sua vida e da sua morte. Deveria se interessar um pouco mais.

Ronildo estava perdido. Tinha o sentimento de que qualquer que fosse a sua resposta, o tiro sairia pela culatra. Optou pela verdade. Pelo menos a verdade do instante, que poderia mudar a qualquer momento.

— Não quero me matar, não.

— Ah é? Que pena! — zoou Carlos. —O mundo não precisa de você, cara. Caso se suicidasse, deixaria um pouco mais de espaço para os que merecem viver. Mas, se mudar de ideia, temos tudo o que precisa para te ajudar. Uma arma bem carregada, com balas doidinhas para sair e entrar no seu corpo de covarde...

Sem avisar, ele disparou no ar, bem perto da cabeça de Ronildo. O barulho foi ensurdecedor. Ronildo sentiu o seu tímpano pressionado ao extremo, parecia prestes a rebentar. Ficou alguns segundos atordoado, com o ouvido entupido.

— Então, idiota? Gostou? Quer mais um?

— Não quero, não.

— Que pena. Eu só queria ajudar. E esse ingrato não quer. Pensa que é inteligente demais para precisar de ajuda.

Chutou outra vez a barriga de Ronildo. Este gritou e caiu, ofegante, lágrimas nos olhos.

— Viu? Se tivesse se matado, isso não teria ocorrido.

Ronildo tentava achar fôlego. Parecia-lhe que cada pancada o atingia um pouco mais profundo e que, logo, o seu corpo não teria mais forças para aguentar. Simplesmente se quebraria, como uma taça caindo no chão.

— Tá bom — disse Luís. — Chega. Solta esses idiotas e vamos tomar uma cerveja lá embaixo. O dia foi longo.

Na tontura da dor, Ronildo sentiu a esperança renascer. O Luís, que parecia no comando, dissera para soltá-los. Não queriam matá-los! Era um momento difícil, horrível, torturante para passar. Mas estava por passar. Pronto. Iam despertar do pesadelo. Agradeceu a Deus, à vida, e prometeu se manter na linha desde então. Nada mais de besteiras como se aproximar do Marlon Brando ou roubar algo, nunca mais, nunca mais!

Epílogo

Carlos pareceu surpreendido pela intervenção do seu colega, como um jogador de futebol que teve a bola tomada por um companheiro de time.

— Parar? Mas como é que vou parar quando nem comecei a conversar com o mais novo?

— Ele não fez nada, é tudo culpa minha — conseguiu murmurar Ronildo. — Por favor, deixa ele fora disso.

A resposta foi mais uma pancada na barriga, que levou Ronildo à beira do desmaio.

— Ah é, é você que manda aqui, seu pedaço de merda? — disse Carlos, visivelmente enfurecido.

— Não, não sou. É você que manda.

— Então por que tá mandando em mim? Acha que eu sou teu empregado?

— Não, não é. Me desculpa.

— Desculpo se quiser! — gritou, agitando a sua arma.

— Chega — diz o Luís. — Já deu.

— Não, não deu! O novinho ainda não recebeu a lição dele!

Os movimentos do bandido eram mais e mais bruscos, solavancos imprevisíveis.

— Já está cagando de medo — disse Luís. — Vai lembrar dessa hora para a vida inteira. E eu já cansei. Não quero ficar a noite toda fazendo o palhaço para dois moleques. Quero uma boa cerveja bem gelada com uns petiscos bem gostosos e depois assistir aos desfiles. Unidos de Madureira é a primeira escola.

— Ainda tem tempo para os desfiles! Seu Davi pediu um favor e a gente vai fazer!

— O favor era assustar esses dois, sem machucar. Já conseguiu. Parabéns. Fez exatamente o que Seu Davi pediu. Agora já deu.

O tom de Luís era firme, mas Carlos estava fora de si.

— Se eu quiser continuar, continuo. Você acha que manda aqui?

— Não estou mandando. Mas tenho um pouco mais experiência que você. Tu acabou de começar nesse trabalho e ainda tava no primário quando eu comecei.

— Não vem cantar de galo pra mim na frente desses merdas! — gritou, agitando a pistola em direção aos primos.

E de repente um barulho enorme ressoou. Os tímpanos de Ronildo ameaçaram romper mais uma vez. Carlos tinha disparado sem querer. O Chico caiu. A sua blusa estava furada no peito. O seu corpo fazia solavancos e sangue fluía da sua boca.

— O que que tu fez, idiota? — perguntou Luís, enfurecido. — É isso que chama de assustar sem machucar?

Carlos ficou imóvel, o rosto indicando uma surpresa avassaladora.

— Não... não queria...

— Não queria, mas deu uma de fodão e fodeu a porra toda!

Carlos parecia um ator tendo mudado de papel. Não tinha mais nada do jovem arrogante que zoava Ronildo, como se fosse o imperador do mundo. Os seus ombros caíram, a sua raiva se evaporou.

— E o que fazemos agora? Vamos levar o menino para o hospital? — murmurou.

— Tá louco? Se levamos ele no hospital, vai ter polícia. E já ouviu o que o capitão Gomes falou? Que tá de saco cheio de proteger a gente! Com o novo coronel lá, fica mais e mais difícil. Pede mais e mais dinheiro para arquivar as investigações.

— Então, o que fazemos?

Luís suspirou, parecendo imensamente cansado.

— Você começou o trabalho, agora termina.

— Terminar?

— Isso mesmo — acrescentou Luís, indicando Chico com a cabeça.

Carlos olhou a sua arma, o jovem tremendo no chão, a arma mais uma vez. Ficou calado um minutinho. E murmurou como se abrir a boca fosse um grande esforço:

— Não posso.

Parecia perto de chorar. Luís o olhou desdenhosamente. Se aproximou de Chico, o mirou alguns segundos, com um ar enjoado, alçou a sua arma e disparou entre os dois olhos do moço. O corpo deste sobressaltou uma última vez e ficou imóvel. *Mortalmente* imóvel, pensou Ronildo, que assistira ao fim do seu primo, boquiaberto, incrédulo. Era a realidade? Não podia ser. As luzes do teatro iam se acender, os atores viriam cumprimentar o público e Chico, entre eles, receberia a sua parte de aplausos, com um grande sorriso. "Porra, primo, parecia tão real que pensei que fosse morte de verdade!" Mas não. Era *realmente* real. Era bem o seu corpo que estava lá, e a vida o deixara. Nunca mais voltaria a viver, a rir, a ficar amuado, a escutar funk, a amar. "Porra, morreu virgem", pensou Ronildo. E imediatamente depois: "Está louco ou o quê? Acabam de matar o Chico e tudo o que pensa é na virgindade dele?"

Luís se virou para Ronildo, o rosto desolado.

— Desculpa, moço. Não gosto de fazer isso. Ouviu a nossa conversa, sabe que teria preferido que acabasse de outro jeito.

Ronildo entendeu que a sua vez chegara, que estava vivendo os seus últimos segundos. Ouvira que, quando se está por morrer, se vê a vida inteira desfilar diante dos olhos. Esperou o espetáculo, não viu nada. Ficou um pouco decepcionado. Pensou também que seria o momento certo para ter medo, mas também não conseguiu. O terror que o envolvera dez minutos antes se escondera. Devia ainda estar aqui, numa parte bem profunda dele. Mas não conseguia entrar em contato com ela. Tudo o que sentia era que a sua curiosidade fora satisfeita. Agora conhecia toda a sua vida e sabia exatamente quando, onde e como ia acabar. Era como assistir ao desenlace de um filme que o teria feito vibrar bastante. Finalmente entender quem era o assassino. Pensou também que seria muito romântico morrer pensando em Ayla, ou ainda melhor, na moça da loja, que pensar nesta última seria o maior presente que existia, porque só se podia fazer uma vez na vida, e para uma pessoa só, mas que infelizmente ninguém nunca chegaria a sabê-lo.

Luís alçou a pistola. Ronildo olhou para a arma. A última imagem que foi impressa em sua retina foi o dedo do bandido puxando o gatilho. Então foi aspirado por um túnel escuro e sem fundo.

Tainá

Ainda trêmula frente à van, Tainá secou o rosto com a blusa. Nossa, que bom era chorar, às vezes! Toda a tensão na qual vivia desde a manhã tinha ido embora, como uma folha de árvore jogada num rio e levada pela correnteza. Se sentia aliviada, e até feliz. A vida pregou-lhe uma boa peça, mas, no final, continuava a querê-la e a ampará-la. E para compensar esta impertinência, lhe dera de presente uma das melhores horas de sexo da sua vida. No fim, o saldo foi positivo. O pior fora evitado, o melhor aproveitado.

O seu único remorso era com relação à moça do Dois Irmãos. Nossa, que pena que Dandara não tinha chegado a tempo! Será que ela, Tainá, poderia ter feito alguma coisa mais? Pensou, tratou de lembrar todo o ocorrido, mas não achou nada. Uma vez a van roubada, perdera o controle. Nem tudo estava em suas mãos. Falaria com a moça para saber o que ocorreu, mas, por enquanto, melhor parar de pensar nisso.

Sentou-se na van e arrancou. Não conseguia acreditar. Estava neste veículo, que lhe parecera um sonho inacessível a tarde toda. "Van do meu coração", pensou. "Desculpe, mas não entendi o quanto te queria, antes que desaparecesses!

Desculpe!" "Desculpada", respondeu o motor. Ou pelo menos, foi o que Tainá entendeu.

E agora, qual era o plano? Deixaria a van na padaria e iria assistir ao final dos desfiles na casa da Roberta e Morten. Será que chegaria a tempo para ver o Salgueiro? Não gostou do samba deste ano, mas achava o enredo deles fantástico: a história esquecida de Benjamin de Oliveira, o primeiro palhaço negro do Brasil. Estava muito curiosa de ver como essa história seria traduzida em fantasias e alegorias. As que viu de manhã eram bem impressionantes. E o desfile da Mocidade sobre a vida movimentada de Elza Soares, uma cantora que adorava! Também não queria perder. Deu a volta ao pátio e chegou na entrada. Fez um sinal com a mão para os seguranças. Estavam absorvidos na tela do celular de um deles, provavelmente assistindo ao desfile da Vila Isabel. Coitadinhos dos que passavam a vida vigiando os barracões das escolas de samba e que deviam se conformar com assistir o maior espetáculo da Terra numa telinha!

Estava pronta a virar na rua quando uma silhueta se destacou na escuridão. Alguém fazia grandes gestos na direção da van. Tainá freou. A silhueta se aproximou. Tainá abriu a janela.

— Gabriel? Tá fazendo o que aqui, maluco?

— Te procurei na Apoteose, mas não te achei, e a Marina disse que provavelmente ia te encontrar no barracão. Posso subir?

— Bora! — respondeu alegremente.

Que bom era ver esse maluco! Nossa! Abriu a porta. Gabriel se sentou e Tainá arrancou.

— De volta, onde estávamos às nove da manhã — disse Gabriel. — Lado a lado nessa van.

— Verdade. Mas tantas coisas rolaram nesse meio-tempo...

— Tantas, mesmo.

Tainá voltou a ver-se no Largo do Machado, no motel, e em todos os lugares que atravessaram neste dia tão especial. Ufa! E tudo isso ocorrera no espaço de quantas... quinze horas? Parecia-lhe mais quinze dias...

— E por que você brotou aqui? Só pra pegar uma carona? — perguntou num tom de brincadeira.

A pergunta pareceu constranger Gabriel. Ficou um instante silencioso.

— Queria te ver.

— Não me viu bastante hoje?

— Não. Não te vi o bastante.

Falou muito baixo, como se estivesse conversando consigo mesmo. Parecia claro que a conversa mudara de dimensão. O doidinho estava sério.

— Na moral, aconteceu alguma coisa? — perguntou Tainá.

— Aconteceu, sim.

Deixou passar alguns segundos, respirou profundamente e continuou.

— Queria te dizer que, mesmo que você pense que eu peguei leve hoje, não foi o caso.

Tainá sorriu.

— Valeu por me dizer.

— É o meu modo de ser, tá ligada?

— Já sei. Fiquei um pouco bolada depois de levar aquela dura do Seu Davi, mas tudo acabou bem. Achamos a van, as fantasias, os instrumentos e fizemos um desfile irado.

Gabriel balançou a cabeça.

— Não tô falando disso.

O coração de Tainá deu um salto. Será que o doidinho...

— De que estamos falando então?

— Do motel.

Tainá não respondeu.

— Poderia pensar que, para mim, foi só para me divertir. Mas, na moral, foi algo que queria há um tempão e que significa muito pra mim.

Tainá sentiu-se tomada pela emoção. Uma parte dela estava prestes a explodir de alegria; outra precisava de palavras mais precisas para acreditar no que ouvira.

— E daí?

— Daí? Espero que essa parada seja o início de um namoro — disse Gabriel, num tom baixo, como se estivesse envergonhado.

Tainá estacionou a van ao longo da calçada. Tirou o cinto de segurança, virou-se para Gabriel e o olhou fixamente, os olhos cheios de carinho.

— Eu também.

Gabriel pegou a mão dela, beijou-a e a colocou no seu joelho. Fez um cafuné, acariciou seu rosto. Aproximaram-se e se olharam um instante, como mergulhadores que contemplam o mar da falésia de onde estão prestes a saltar, e se beijaram. O desfile do Salgueiro podia esperar.

Dandara

Sentada num banco no mirante, os olhos perdidos na imensidão da noite, Dandara sentia um gosto ruim na garganta. O gosto ruim de quem nunca consegue o que quer. Sentia que ainda não esvaziara todas as suas lágrimas. Ainda tinha muitas, trancadas dentro dela. Não conseguiam sair, mas um dia teriam que ser soltas.

Ouviu um barulho atrás dela. Ficou tensa, o corpo em alerta, se virou e ficou pasmada. Como era possível?

— Dandara?

Ela precisou de alguns segundos para conseguir articular uma resposta.

— Inácio? O que tá fazendo aqui? Não era pra você estar no Sambódromo?

— Não. A minha avó faleceu hoje. Estou voltando do velório.

Dandara estava sobrecarregada de sentimentos conflitantes: surpresa, tristeza pela perda que Inácio acabara de experimentar e a alegria de compartilhar com ele este momento doloroso.

— Nossa, sinto muito.

Sentou-se ao lado dela.

— Valeu!

— Era essa avó que era portelense e conheceu a Clara Nunes?

— Isso mesmo. Depois, quando rolou o racha na escola, foi uma das fundadoras da Unidos de Madureira.

— Ai, Inácio, sinto muito, gostaria de poder fazer algo.

— Ninguém pode. Mas é bom te ver.

Era mais do que tudo que já lhe havia dito, e um pouco inesperado.

— Valeu. Bom te ver também

— Mó coincidência te encontrar aqui, né?

— Coincidência muito maneira.

— Tu vem muito aqui?

— Sempre quando tô na bad.

— Eu também. Olho essa vista e penso que, tipo, se minha dor é grande, o mundo é muito maior.

Caralho, o gato é bom de bico, pensou Dandara. Acabara de expressar exatamente o que ela pensava, sem conseguir achar as palavras certas para descrevê-lo.

— Falou. Conheço essa vista desde sempre, mas nunca deixo de me emocionar.

— Eu também.

— Gostava muito da sua avó, né?

— Sim. Gostava dela pra caraca. Foi ela que me fez descobrir o samba e nos colocou, minha irmã e eu, na Unidos de Madureira.

Começou a falar da sua avó, da vida dela, do que lhe ensinou, com bastante emoção. Fora uma pessoa crucial na vida dele. Dandara escutava, totalmente embalada. Era a primeira vez que Inácio fazia confidências para ela. Começou a gostar desta avó, uma mulher forte que lutou para dar boa educação aos seus cinco filhos, embora o marido não tivesse ajudado muito. A avó se mudou para o Morro Dois Irmãos depois de se separar dele e, com quarenta anos, refez a sua vida, sempre mantendo o contato com a agremiação.

— E como faleceu?

— Síndrome respiratória aguda, segundo os médicos. Vai saber o que significa. Tava gripada há alguns dias, com tosse, febre e a boca seca. Os remédios não ajudaram. E de repente, hoje, o estado dela piorou muito. Estava sufocando. Logo a levamos ao hospital, mas não puderam fazer nada.

— Nossa... deve ter sido difícil...

Ficaram um minuto pensativos, olhando as luzes que desenhavam a curva das praias de Leblon e Ipanema.

— E tu, fala pra mim, por que não está na Sapucaí? — perguntou Inácio, como se acordasse de um sonho ruim.

— A Tainá devia me entregar a fantasia, mas perdi o encontro com ela por causa do tiroteio mais cedo no morro.

— Cara, tô cansado dessa violência.

— Eu também.

— Por que todas essas brigas para conseguir mais dinheiro e mais poder quando aproveitar esta beleza toda é 0800? — disse Inácio, indicando a vista.

Poxa! Toda vez que esse cara falava, parecia dizer exatamente o que Dandara tinha dentro de si.

— O problema é que estão tão ocupados com essas brigas que esquecem as coisas mais simples — acrescentou Inácio.

Calou-se e, subitamente, lágrimas começaram a cair dos seus olhos.

— Desculpe, lembrei da minha avó. Era ela que costumava dizer isso.

— Tranquilo, tudo bem — respondeu Dandara, colocando a sua mão no braço dele.

Ele baixou a cabeça para esconder as lágrimas. Dandara passou o braço sobre seus ombros. Ele a apertou e chorou um minutinho. Ergueu a cabeça e enxugou o rosto. Dandara deixara o braço ao redor de seus ombros. Os seus rostos se aproximaram e Dandara subitamente entendeu que passaram um limite invisível e que, a partir deste ponto, só podiam escolher entre recuar imediatamente ou ir adiante. Foram adiante e os seus lábios se encontraram.

Fim

Chegamos ao fim de uma longa jornada, e agradeço por tê-la percorrido comigo.

Tem algum comentário a fazer? Elogios? Protestos? Terei todo o prazer em responder-lhe se me escrever na página de contato do meu site pierrecormon.com!

[1ª Edição 2024]

Esse livro foi composto em Freight Text
e impresso em papel Avena 80g/m²
para a Quixote + Do Editoras Associadas